日本名城紀行③

井上ひさし
武田八洲満
杉本苑子
山本茂実
水上勉
村上元三
岡本好古
福田善之
青地晨

SHOGAKUKAN
Classic Revival

目次

井上ひさし　山形城　旅人だった山形の城主たち……5
武田八洲満　浜松城　若き日の秀吉と家康……25
杉本苑子　名古屋城　吉宗にさからった御三家筆頭……55
山本茂実　松本城　戦国痛恨の砦……85

水上　勉
一乗谷城　花やぎの香り残す守護の館……121
村上元三
大坂城　徳川幕府が再建した巨城……149
岡本好古
茨木城　天下盗りの陰にひそむドラマ……181
福田善之
萩城　維新の志士が仰ぎ見た城……213
青地　晨
佐賀城　化け猫の城に反乱の弾痕……245

山形城

井上ひさし

いのうえ・ひさし

1934年～2010年。72年、「手鎖心中」で直木賞受賞。他に「吉里吉里人」戯曲「頭痛肩こり樋口一葉」など。

山形城址のソフトボール

『徳川実紀《とくがわじつき》』にいう「東国の押さえ」、あるいは俗にいう「最上《もがみ》百万石の要《かなめ》」であった山形城の御本丸と二の御丸は、山形歩兵第三十二連隊の本営地（明治二十九年から昭和二十年まで）、引揚者収容寮や母子寮の敷地（昭和二十年代）を経て、現在《いま》は博物館や郷土館や各種スポーツ施設を内蔵する大公園として市民に公開されている。そこで恰好《かっこう》をつけて「山形城は時代の変転を映す鏡である」といえないこともないのだが、たいていの城下町が藩政時代の遺跡や遺物を丁重にとり扱い、たとえば城址《じょうし》を御廟《ごびょう》地などとよび、ときには藩主のうちの名君をまつりあげてナントカ神社を建立し、往古へ熱っぽい眼差《まなざ》しを注いでいるのにくらべ、山形城址の、このあっけらかんとした過去との断絶の仕方はいったいどういうことなのか。なにしろ藩政時代を偲《しの》ぶよすがとなるようなものは一部の石垣を除くとなにもないのだ。天守はもとよりそれをのせる基壇《きだん》である天守台の跡もない。御門の柱も太鼓小櫓の瓦《かわら》もない。まったくなにもないのである。わたしが取材に出かけたのは十月下旬の、とある日曜の午前のことであるが、公園内の十数面のテニスコートや、二面のサッカー場からはのどかなボールの音が、二面のソフトボール場からは少女たちのすこし訛《なま》りのある「しまっていこうネー」という黄色い声が聞こえてくるばかりで、城址という印象は爪の垢、耳のかすほどもない。そういえば城跡につきものの緑の木立というやつもすくなかった。町外れの原っぱにスポーツ用グラウンドをあれやこれやと大いそぎの大あわてでこしらえあげた、といったような感じである。

——こんなことならわざわざ取材にくるのではなかった。机上に資料を山と積みあげ、それを切り貼《は》りして、なにか文章をでっちあげた方がはなしははやかった——

ぼやきながらソフトボール場の一塁横の土手に腰をおろし、駅で買い求めたサンドイッチをたべはじめた。グラウンドでは山形二中と上ノ山南中とが試合をしていたが、見るともなく見ているとこれがなかなかおもしろい。両軍とも投手は細身の利発そうな美少女で、ボールを握った右手を高々と頭上に振りあげ、そこからボールを後方へまわし下手から捕手のミットへ投げ込む。ボールには相当のスピードがある。投げ込むとき、ほんの一瞬、彼女たちの腰の線があらわになる、これがまことによい。可憐《かれん》な色気があるのだ。捕手がやや太肉《ふとりじし》の美人で、主将であることも共通している。投手の投球がボールに判定されるたびに「惜しいよー」と励ましの声を発しながら投手に球を返すのも共通している。一塁手は……、いや、もうよそう。山形城についての文章がソフトボール観戦記になってしまうおそれがある。

とにかくわたしはソフトボールの試合を見ているうちに高校野球で山形県代表がまったく振るわないのはなぜかという疑問にぶつかり、やがてこの疑問は山形藩最後の首席家老である水野《みずの》三郎《さぶろう》右衛《え》門元宣《もんもとのぶ》の死にざまへとつながっていった。

青森の三沢高、秋田の秋田商、岩手の盛岡一高、宮城の東北高、福島の磐城《いわき》高と、この十年間、東北地方の高校チームは優勝はできないまでも決勝へ進出したり、準決勝や準々決勝あたりへ駒を進めたりして結構いい試合をしているのだが、山形だけは例外である。きっと一回戦で敗れてしまう。わたしも山形県人のはしくれであるので、山形県代表の出る試合は逃さず観戦する。そしてそのたびにこう思うのだ。

「相手チームと技量においてそう大差はないのに、どうしてこう弱いのだろう。もっとずるく立ちまわらなくては試合に勝てないじゃないか。来年はきっとずるくなって出直しておいで」

ずるくない山形人気質

水野《みずの》三郎《さぶろう》右衛《え》門《もん》元宣《もとのぶ》の最期についてものを思うとき、やはりこの「ずるくない」というコトバがわたしの脳裏を去来する。三郎右衛門が刎首《ふんしゅ》の極刑によって城下七日町の長源《ちょうげん》寺庭で二十六年の生涯を終えたのは明治二年（一八六九）の五月二十日の夕刻だが、そのときのようすはつぎのごとくである。

「この日は初夏の蒸し暑い日で、赤黒い雲が低く垂れこめており、沿道の市民はみな店舗《てんぽ》をとざし家業を休み、子どもらが戸外で遊ぶことを禁じて謹慎哀悼《あいとう》の意を表し、土下座して涙をもって三郎右衛門の垂駕籠《たれかご》を見送った。駕籠が山門に入るとただちに閉鎖し、警固の武士によってかたく守られ、本堂東側庭園の池に面したところに畳四、五枚を敷き、内白外紺の引き幕を打ちまわして刑場ができていた。検視役に大目付神谷四方之助《かみやよものすけ》、御目付代杉弥太八《すぎやたはち》、御先手頭《おさきてがしら》松野尾政右衛門《まつのおまさえもん》が立ち会い、執刀は小普請役《こぶしんやく》神山碇《かみやまてい》であった。

三郎右衛門は端座して刑を待ったが、（中略）いよいよ神山が抜刀して後方にまわると三郎右衛門は、

『御苦労』

と声をかけ、

『家老を斬《き》ると思わず、ただの罪人を斬るつもりで遠慮なく斬るがよい』」

といい、懐中から守り袋をとり出して、

『母に渡してくれ』

と頼んだ。この守り袋には現金が入っていたもので、万一、東京に護送されて処刑されるようであれば、途中の費用も必要だろうというので、母が三郎右衛門に与えたものだった。もはやその必要もなくなったので、これを母に返そうとしたのである。

執刀役の神山は剣道の達人で、まえにも罪人の斬首《ざんしゅ》をした経験もあったが、一の太刀は誤って肩に斬り込んだ。三郎右衛門は『うーン』とうなり、手をあげて『静かに』と声をかけた。あわてた神山はさらに二の太刀をくだしたが、これまた首筋を外れて頭部を斬った。三の太刀でようやく頸動脈を斬ったが、なお首を落とすことができず、絶命後、頭髪を握って「据え切り」にした。

のちに神山の剣技の拙劣なことと、「据え切り」の無残な処置が非難されたが神山は、『我が腕の未熟は致し方ないが、たれあって御家老の首を一刀のもとに斬りおとせようか。他の剣士たちは何がゆえに執刀役を辞退したか。少しはわしの心も察してくれ』

と、くさっていたそうだ。その翌年に、山形で死刑四十一人の斬首が行なわれたとき、神山はすすんで執刀役を買って出て、『刎首の刑はこの通り』と一刀のもとに斬った。首が二尺も高く飛び上がり、十一人を一刀ずつに処刑して剣技の力量を示した。三郎右衛門の斬首に失敗したのはまったく心緒乱れていたためだろう」（後藤嘉一著『やまがた明治零年』山形郁文堂刊）

首席家老が刎首とは尋常ではない。いったい三郎右衛門はどのような重罪を犯したのか。

この前年の慶応《けいおう》四年（一八六八）四月、官軍は九条道孝《くじょうみちたか》を鎮撫総督として東北鎮定にのり出した。会津《あいづ》藩と庄内藩を討伐するのが、この鎮定軍の目的である。東北各藩に会津・庄内討伐の命が達せられ、山形藩も秋田・新庄・天童・上ノ山などの諸藩とともに庄内藩攻略戦に参加することになった。藩主忠弘《ただひろ》は十三歳、しかもこの忠弘は父の前藩主水野忠精《ただきよ》といっしょに江戸にいたので、この決定は三郎右衛門がくだした。

このときの山形藩と庄内藩との戦いは小競り合いの境を出ず、山形側の戦死者は以下の七名であった。

大久保伝平（五十二歳）　後馬廻隊差図役頭取上席大目付代

赤星守人（四十一歳）　御目付兼御馬廻差図役百三十石

加藤雅蔵（二十三歳）　小納戸手代

松崎竹四郎（二十八歳）　小納戸手代

原田喜平太（三十七歳）　不明

稲葉半兵衛（四十一歳）　不明

前田庄助（五十八歳）　大砲組

慶応四年四月で東北の戦乱がおさまっていたら、山形藩は官軍の先鋒をうけたまわったわけであるから、明治新政府からいろいろとほめられたことだろう。しかし歴史はひと筋縄ではいかない。とくに激動期のそれは逆転し、さらにまた逆々転する。庄内藩の善戦をみて仙台や米沢が動き出し、それがやがて五月三日の奥羽越同盟となる。奥州のほとんどの藩が官軍と敵対することになったのだ。三郎右衛門の率いる山形軍はすこしまえまで敵として戦った庄内藩と手を結び、官軍の先鋒である秋田軍と戦いを交える。しかし、八月末、米沢藩がまず越後口総督にくだり、九月に仙台藩が平潟《ひらかた》口総督に降伏し、そして会津若松《あいづわかまつ》は白河・越後口の両総督軍に包囲され、降伏を待つばかりとなった。九月十一日、三郎右衛門は藩老会議を開き、官軍に謝罪降伏することを決めた。つまり山形藩は「一時は官軍の先導をつとめたが、のちに奥羽越同盟に加わって薩・長軍と交戦し、ついに降伏して断罪を待つこととなった」(伊豆田忠悦著『物語藩史・第一巻・山形藩』新人物往来社刊)わけで、このあたりまことに「ずるくない」のだ。

十二月七日、奥羽諸藩の処分が決まった。会津若松の松平容保《まつだいらかたもり》には「昨冬、徳川慶喜《とくがわよしのぶ》政権返上の後、暴論を張り、姦謀《かんぼう》をめぐらし兵を挙げ闕下《けっか》(天子の御前の意)に迫る。事敗れ遁走す。慶喜恭順するに及び更に悔悟せず。居城に拠《よ》り凶賊の魁《かい》首《しゅ》となり飽くまで王師《おうすい》に抗衡し天下を攪乱《かくらん》す。其の罪神人と共に怒るところ、きっと厳刑に処すべきところ至仁非常の宸断《しんだん》をもって死一等を減じ、池田中将へ永預け仰せつけ候事」という処分がくだり、これは処分としてはたいへんに軽い。

では、山形の水野和泉《いずみ》守の処分はどうであったか。「其の方在邑の家来ども奥羽諸賊と同盟し、しばしば王師に抗衡し大義順逆を相わきまえざる次第、其の方在京中とは申しながら、ひっきょう平生の示しかたゆきとどかざるにつき、きっとおとがめ仰せつけられるべきところ、格別のおぼしめしを以て、謹慎仰せつけられ候事。ただし叛逆《はんぎゃく》首謀の家来精細取り調べ早々申し出ずべき事」……。さて、山形藩の「ずるくない」のはここからである。というのは各藩に「諸藩首謀の臣を斬に処し、その既に死する者は斬に擬してその後を断つ」という内示が回っていたからで、これを簡単にいえば、死んだものを戦犯に仕立ててあげてもよろしいということ、だから三郎右衛門は庄内藩との戦いで戦死した大久保伝平を首謀者にしてもよかったのだ。現に会津藩は開城のときに城中で切腹した田中土佐《たなかとさ》と神《じん》保《ぼ》内蔵助《くらのすけ》を首謀者にしているし、二本松藩も落城の際に自刃した側用人丹羽《にわ》新《しん》十郎《じゅうろう》を責任者にまつりあげている。さらに庄内藩は戦死者の石原倉右衛門《いしはらくらえもん》を、米沢藩も同じく戦死者の色部長門《いろべながと》を首謀者としてあげているのだが、山形藩はそれをやらなかった。こういうところがまったく「ずるくない」。しかも三郎右衛門はつぎのような嘆願書を在京の藩主あてに認めており、ここまでくると正直のうえに馬鹿がつく。

「微臣元宣、誠惶頓首歎願《せいこうとんしゅたんがん》奉り候。先般御直書をもって仰せふくめられ候旨、敬承奉り候については益々王事遵奉の道相守り候外、他念は毛頭ござなく候ところ、山形表の儀は大藩の間に接しまかりあり候につき、奥羽各藩に従い順逆を誤り、おそれおおくも官軍に抗し奉り候事件に立至り誠に恐縮至極に存じ奉り候ところ、今般米沢侯降伏のおもむき伝承仕り候につき、とりあえず謝罪歎願仕り候ところ御聞とどけには相なり候へども、主裁の者きびしく謹慎まかりある様御達しこれあり、恐れ入り奉り一同謹慎まかりあり、この上の御処置一同より歎願奉り候えども、全く順逆を誤り候主裁の者はすなわち元宣にござ候につき、別して謹慎まかりあり申し候。これより外一同へ何卒寛典の御沙汰なしくだされ、元宣へいか様の御沙汰にても仰せつけ下しおかれ候様仕り度く存じ奉り候。この段ひとえに

歎願奉り候。誠恐誠惶謹言」(山形市香澄町豊烈神社所蔵)
もとよりわたしにこの青年家老を裁く資格などなく、また裁いたところで仕方がないが、とにかくわたしは甲子園《こうしえん》で山形代表が「ずるい」野球がやれずに敗れ去るたびに、三郎右衛門の最期を思い出すだろう。

山形城における逆説とは――

さて、山形城の最後を見とどけたところで一気にこの城のはじまりへとんで行ってみよう。この山形にはじめて城を築いたのは、羽州探題として正平《しょうへい》十一年(延文《えんぶん》元、一三五六)に入部した斯波兼頼《しばかねより》である。兼頼が築いた城郭の規模は「のちの山形城の本丸ぐらい」(『山形市史』中巻、八〇頁)と推定される。のちの山形城の本丸は東西が一丁十九間一尺(一説には一丁三十間)、南北が一丁十三間二尺(二説には一丁三十二間半）であるから、そうたいした城ではなかったようだ。本格的な築城は兼頼から十代目にあたる最上義光《もがみよしあき》まで待たなければならない。この義光は「ずるい」大名だった。一代にしてその勢力範囲を、山形周辺から村山・最上地方一帯へひろげ、豊臣秀吉《とよとみひでよし》の養子の秀次《ひでつぐ》に十四歳の娘、駒姫《こま》を侍妾として差し出し——駒姫は秀次が関白の位につくとお今《いま》の局とよばれることになった。が、秀次が追われて切腹すると、秀吉の命により三条河原で首を刎《は》ねられた。そのとき彼女は十九歳だった——、長男の太郎四郎義親《よしちか》を徳川家康《とくがわいえやす》の近侍に差し出している。つまり秀次と家康へ人質を入れたわけでなかなか抜け目がない。

関ヶ原《せきはら》合戦のとき、義光は家康側につき、最上地方や庄内地方で上杉氏と戦った。戦後、その戦功を家康にめでられて五十七万石の大々名となった。山形城の本格的普請はそのときすでに成っていて、それは文禄《ぶんろく》元年（一五九二）三月二十八日、征韓遠征参加のため九州の名護屋《なごや》に向かう途中で、留守居役の蔵増大膳亮《くらますだいぜんのすけ》にあてて「普請に尽力し、火の用心に留意せよ」（山寺立石寺所蔵最上義光書状）という書状を認めていることからも明らかだ。「最上家中分限帳」（山形市旅籠町厩豊氏所蔵）によって

その規模をみれば、本丸はまえに記したのではぶくとして、

二の御丸　東西四丁三間余。
　　　　　南北四丁三間余。
三の御丸　東北十三丁五十七間半。
　　　　　　南北十八丁五間。
御本丸に櫓五ッ、二階角《すみ》櫓二ッ。
二の御丸に櫓十三、三階櫓一、太鼓小櫓一、御門四ッ。

となっており、この規模は幕末までほとんどかわっていない。なお天守はなかった。

最上氏は義光のあと、二代でほとんど滅びてしまう。御家騒動がおこって改易となり、義光の孫の義俊《よしとし》は近江国《おうみ》（滋賀県）大森へ追いやられ、わずか五千石を給されるのみとなったのである。最上家五十二万石の旧領は四分され、本城山形には磐城平《いわきだいら》から鳥居左京亮忠政《とりいさきょうのすけただまさ》が二十二万石で転じてきたが、以後、城主はつぎつぎとかわって十二氏にも及び——幕府の直轄地となった時代もある——そのう

え、所領も激減して五十二万石からおしまいには五万石の小大名の居城へと落ちぶれていった。しかも、この山形は左遷大名の島流し地ともなった。最上氏以後、山形藩主となったのは、

①鳥居忠政・忠恒《ただつね》。二十二万石。在藩期間十四年。
②保科正之《ほしなまさゆき》。二十万石。七年
③松平直基《まつだいらなおもと》。十五万石。四年。
④松平忠弘《ただひろ》。十五万石。二十年。
⑤奥平昌能《おくだいらまさよし》・昌章《まさあきら》。九万石。十七年。
⑥堀田正仲《ほったまさなか》。十万石。一年。
⑦松平直矩《なおのり》。十万石。六年。
⑧松平忠弘《ただひろ》・忠雅《ただまさ》。十万石。八年。
⑨堀田正虎《まさとら》・正春《まさはる》・正亮《まさすけ》。十万石。四十六年。
⑩松平乗佑《のりすけ》。六万石。十八年。
幕府直領三年

⑪秋元涼朝《あきもとすけとも》・永朝《つねとも》・久朝《ひさとも》・志朝《ゆきとも》。六万石。七十八年。
⑫水野忠精《みずのただきよ》・忠弘《ただひろ》。五万石。二十四年。

このうち奥平昌能以下はすべて左遷大名なのだ。かつては東国第一の要害といわれ、米沢の上杉、秋田の佐竹《さたけ》、仙台の伊達《だて》などの外様大名の監視所として重要な役割を持っていたこの城も、幕藩体制が強固となるにつれてその意味を失い、大名の島流し先となって荒廃していったのである。そんなわけで藩主たちも手抜き政治しか行なわず、たとえばこの山形藩には藩校というものがない。寛永《かんえい》十八年（一六四一）に岡山藩主池田光政《いけだみつまさ》の意をうけて熊沢蕃山《くまざわばんざん》たちが「花畑教場」という藩校を開設して以来、幕末まで全国に二百五十五校の藩校が、そしてその三倍にも及ぶ学問所ができたのに、あるいはまた隣の伊達藩には、城下に藩学養賢《ようけん》堂、岩出山《いわでやま》に有備《ゆうび》館、涌谷《わくや》に月将《げっしょう》館、亘理《わたり》に日就《にっしゅう》館、角田《かくた》に成教《せいきょう》書院と五つも藩校や学問所があるのに、山形にはそれがまったく皆無なのである。もっとも藩主側としてはいつよそへ転封になるかわからず、藩校どころではなかっただろうが、それにしてもこのような藩はめずらしいだろう。歴代の藩主たちはあたかも渡り鳥のようにこの城でしばらく羽を休め、それから四方へ去っていってしまったのである。五十七万石の大々名のつくった山形城は十万石以下の中小大名にとっては、ただただだだっぴろいばかりで松平乗佑時代には二の丸、三の丸の武家屋敷はとり払われ、田畑になった。そのときに伐り倒した樹木や百間倉や武家屋敷をこわしてできた古材の払い下げで、城下の薪屋が店仕舞いしたともいう。「鼠《ねずみ》よくとる猫《ねこ》ほしや、あとはどうなりとなるぞいの」という落首が貼《は》り出されたのもこの時代で、鼠とは松平乗佑のことである。

わたしはこの小文の冒頭で「山形城址《じょうし》の、このあっけらかんとした過去との断絶の仕方はいったいどういうことなのか」と書いたが、これに対する答はもう出たと同じである。すなわち、山形市に住む人たちにとって歴代の藩主はただの旅人にすぎなかったのだ。だからこそ、土地の人たちは藩政時代とはまったく切れた立場で、かくもみごとに山形城の跡地を、一大スポーツセンターに変身せしめることができたのである。

もっとも市街を漫歩すると印象は逆になる。戦災とほとんど無縁だったせいで、いたるところに城下町の面影を見つけることができるのだ。また馬鹿な役人がすくないせいか、荒楯町、荒屋敷、小姓町、小荷駄町、小白川町、円応寺町、肴町、鮨洗、鉄砲町、十日町、七日町、銅町、旅籠町、本町、宮町、薬師町などの古い町名も残っており、さらに山形城址を中心として半径一二、三〇〇メートルの円を描くと、その円弧のうえにたくさんの寺院があって、これらはすべて藩政時代の町の外壁に相当している。つまりこれらの寺院はかつて山形城の小さな出城の役を果たしていたわけで、堅牢な山門や本堂で敵を防禦し、利あらずして敗れるようなときがあれば、切腹場としても好適だったのである。

こういったわけで、山形市についてはつぎのごとき逆説が成立すると思われる。

「山形城の面影を探し求めたければ、山形城址へは行くな。むしろ市街地を歩くがよい」

浜松城

武田八洲満

たけだ・やすみ

1927年~1986年。「大事」「紀伊国屋文左衛門」「信虎」「炎の旅路」「生麦一条」など。

引馬城のころ

徳川家康《とくがわいえやす》は、少年時代と青春時代を、いまの静岡県、当時の駿河国《するが》で過ごしていた。今川義元《いまがわよしもと》に、人質として送られていたのである。世の中が落ち着いているときであれば、いまの愛知県、当時の三河国《みかわ》の岡崎城主《おかざき》の跡取りとして、なに不自由のない毎日を過ごしていたろう。

だが、家康の生まれたのは、天文《てんぶん》十一年（一五四二）になる。甲斐国《かい》（山梨県）には武田信玄《たけだしんげん》、尾張国《おわり》（愛知県）には信長《のぶなが》の父、織田信秀《おだのぶひで》がいた。戦国時代の後半が、これからはじまろうとしているときだったのである。世の中は乱れていた。そのため家康は、まだそのころは松平《まつだいら》といっていた、松平の家の犠牲となって、今川義元のもとへ送られていたのである。そのころ今川も、戦国武将として名が高い。松平の家では、今川から攻められないように、跡取りを送ってまでして、安全をはかっていたのである。家康の少年時代、青春時代は、楽しいものではなかったろう。不幸であった、といっていい。

だが、永禄《えいろく》三年（一五六〇）、家康が十九歳のとき、それまでの形勢が、がらりと変わる。桶狭間《おけはざま》の合戦がおこったのである。信秀のあとを継いだ織田信長が、いまの愛知県豊明《とよあけ》市に今川義元を奇襲し、これを討っていた。今川軍は敗走する。このとき家康は、今川軍の先鋒《せんぽう》として、桶狭間よりまえに進んでいたが、異変を聞いてすぐ駿河へもどっていた。

しかし、気がついたとき、家康は形勢の逆転におどろいていた。義元がいなくなったいま、家康はもう人質として駿河にいる必要はなくなっている。家康は自由の身になっていたのである。家康は岡崎へ走る。家康の父広忠《ひろただ》は、十一年まえ逆臣に殺され、それ以来、城は荒れ果てている。その再建のためにも、家康はいそぐ必要があった。

四散していたむかしの家来たちも、家康の帰城を聞いてぞくぞくと駆けつけてくる。だれもが、城の再興と徳川の家の復活を望んでいたのである。家康の青春時代の後半は、このためにささげられる。

これも苦しい仕事であった。一向一揆《いっき》、とよばれる宗教戦争もあった。領地の再編成の仕事もある。今川義元をたおしてから、急速に力をつけてきている織田信長と同盟し、武田信玄など、まわりの強い武将と対抗する策もとらなければならない。家康は苦闘する。家康のねばり強さは、ここからできているのである。

いつの間にか、八年が過ぎていた。家康、二十七歳である。永禄十一年、この年十二月、家康は帰城以来はじめて、よその国を攻めていた。武田信玄が駿河国から西に伸びようとしているのを牽制《けんせい》するため、岡崎から東の、遠江《とおとうみ》の国に入ろうとしていたのである。いまの静岡県西部になる。

家康は現在の愛知県豊川市を経て、浜名湖《はまな》を舟で渡る。この季節はいまの暦になおすと、一月中旬になる。たいへんに寒かったろう。だが家康は、家臣たちとともに、歯をくいしばる。遠江を手にするかどうかで、武田信玄に勝つか負けるかが決まる、といっていい。家康たちは、これからの戦国の争いに勝ち抜きたいのである。

それもなるべく、味方の武士と兵を殺さずに進んでいきたい。これからさきはながい。軍の統師とは、兵を生かして帰すことである。貴重な人間を、むだに死なすことはできなかった。家康は、遠江の掛川《かけがわ》城のときだけ戦闘に入ったが、ほかの諸城は、すべて平和のうちに手に入れていた。

そのひとつに、引馬《ひくま》城がある。この城は、曳馬城とも書くが、浜名湖の東にひろがる三方原《みかたがはら》台地の真南にあり、太平洋を背にした小さな城であった。ながい間、飯尾豊前守連龍《いいおぶぜんのかみつらたつ》が守っていたが、連龍は三年まえ、今川義元のあと取り、氏真《うじさね》に謀殺され、このときは家臣たちが城を守っていた。その飯尾の家臣たちは、家康が遠江に入ったと聞くと、自分たちの将来を家康にあずけよう、と決めていたのである。和を求めようとする。

家康は、戦わないで引馬城に入っていた。家康は、近くの地名を採用して、この城の名をかえる。浜松城であった。後ろに潮騒《しおさい》を聞き、はるか前方には、三方原ごしに、遠江・駿河・三河の低い山並みの見える、ながめの美しい地点でもあった。

家康は、青春時代以後の、働きざかりをここで過ごすことになるのである。

秀吉も、悲しみも

そのため、二代将軍秀忠《ひでただ》をはじめ、秀康《ひでやす》・督姫《とくひめ》・振姫《ふりひめ》・信吉《のぶよし》・忠輝《ただてる》・松千代《まつちよ》たち家康《いえやす》の子どもたちの多くが、ここで生まれることになる。徳川《とくがわ》時代の基盤をつくった子どもたちは、おおかたが浜松城の天守から、ひろびろとした日本中部の沃野《よくや》をながめながら、育っていた。

もちろん家康は、引馬《ひくま》城を手に入れると同時に、大改造を行ない、城を大きくしている。戦国武将の居城にふさわしく、また、周囲の景色のなかからも、ぬきんでて見えるように、くふうをこらすのである。ここに城を置くことにより、敵を近づけさせまいとしていた。これまでの引馬城は、古城として東北隅に置く。

新しい浜松城は、そこから西南にかけ、東西四二〇メートル、南北二五〇メートルの広さをとって建てられるのである。三の丸・二の丸・本丸を築いていた。この天守をささえていた石垣は、いまも浜松市の城跡に残されている。

元亀《げんき》元年（一五七〇）、これは完成する。家康、二十九歳のときである。威容は十分に役立っていた。のち浜松城は、あとで述べる三方原《みかたがはら》合戦の場合をのぞき、一度も攻められることがない。付近のおさえに成功するのである。

なお豊臣秀吉《とよとみひでよし》が、天下をとるはるかまえの少年時代、まだ浜松城が引馬城といわれていたころ、この城に入ったことがあるのは、あまり知られていない。城主になったわけではないが、秀吉も、浜松城と関係が深いのである。天文《てんぶん》二十年（一五五一）、秀吉十五歳のときであった。

そのころの秀吉は、自分でいっているように、「尾張《おわり》の百姓のむすこ」であった。当時はまだ今川義元《いまがわよしもと》が生きているころになる。秀吉は、義元のもとで働き、できれば武士になって手柄をたてよう、と考えていた。そのため、生まれ故郷の尾張を出て、東へ向かうのである。

ところが、引馬城下まできたとき、同じ遠江《とおとうみ》の頭陀寺《ずだでら》城主松下加兵衛尉之綱《まつしたかへえのじょうゆきつな》に会った。之綱は、いばり散らす武士ではない。少年に、「どこまで行く」と尋ね、その答えを聞いて、「それならわたしのところで働け」と誘うのである。少年の秀吉は、喜んでこれに応じていた。之綱は、引馬城に行く途中であった。秀吉は之綱の供をして、そのまま引馬城に入ってしまうのである。

秀吉にとっては、はじめて見る武将の城になる。はじめて見る武家の世界であった。秀吉は、せめてこれくらいの城の城主になりたい、と願っていたにちがいあるまい。

家康はまだ人質の身で駿河《するが》にいる。よもや、その家康がながく浜松城に住むようになり、秀吉もまた、やがて織田信長《おだのぶなが》につかえ、天下をめざして家康と競争するようになるとは、考えてみてもいなかったろう。この城は、ひとつには徳川時代を生む出発点ともなり、さらにひとつには、豊臣秀吉に武士へのあこがれをもたせた、最初の城にもなっていたのである。戦国史のなかの、意味深い城になっていた。

だが、家康にとっては、浜松城は悲しみの城でもある。家康は、三河《みかわ》・遠江のふたつの国をおさえた、といっても、まだ強力な武将にはなっていない。岡崎《おかざき》城にいたころから同盟している織田信長は、早くも京都に馬を進め、西国の諸将に脅威をあたえて、天下に号令しようとしている。いまの三重県にある伊勢《いせ》国長島《ながしま》の一向門徒を攻撃し、大半を殺して民衆をおどろかせ、また、京都の延暦《えんりゃく》寺に放火して、力のあるところをみせていた。

その信長から、突然、家康の妻築山殿《つきやまどの》と、その子であり、家康のあと取りになる長男の信康《のぶやす》を殺せ、といってきたのである。天正《てんしょう》七年（一五七九）、家康が浜松城に入って、十年ほど経たときであった。夫であり、父である家康に、わが妻、わが子の命を絶つよう、家来に命じよ、といってきたのである。理由は、ふたりが甲斐《かい》（山梨県）の武田《たけだ》方と連絡をとり、織田家を滅ぼそうとしているからである、という。このときふたりは、岡崎城にいた。信康は、家康が駿河にいたころの子である。りっぱに成人して、岡崎城主になっていた。その子を、母とともに殺せ、と信長はいう。

このとき、信長のあげた理由は、事実無根であった。ほんとうは信長は、自分のあと取りの織田信忠《のぶただ》が、聡明《そうめい》な信康にくらべて見劣りしたため、将来、信康に攻められるのを恐れて、殺してしまうことを思いついた、ともいう。また築山殿は、今川家の出身であり、これも心許せない存在であるとして、殺すことをいった、ともいわれている。だが真相はわかっていない。戦国時代の恐ろしさであろう。

この命令を、家康は浜松城本丸で聞く。信長からの使者は、ことば少なく、これを伝えていた。

家康は、あげられている理由が事実無根であると知っても、この命令を拒否することができない。兵力も、政治力も、このときは信長のほうが上である。拒否すれば、自分もともに殺されてしまうであろう。

三河・遠江の領土も奪われ、せっかく徳川の家の復活に協力してくれた家来たちも、もう一度、浪々の身の上にさせてしまうことになる。自分だけの命であれば、捨てても惜しくはないが、徳川の家と、自分を頼るおぜいの家来を考えれば、武将としてそれはできることではなかった。

しかし、あいまいな理由で、わが妻、わが子を殺すことは、これもできることではない。たしかに築山殿は、今川家の出身である。いまは衰えている今川の残党が、あるいは築山殿のもとに集まって、蜂起《ほうき》することがあるかもしれない。だが、妻は妻である。家康が築山殿を愛していることにかわりはなかった。殺せるものではないのである。

ましてあと取りの信康は、周囲が認めるとおり、知力とともにそなえる若者であった。これで徳川の未来は明るいといわれているのである。信康を失うことはできなかった。だが信長は、ふたりを殺せ、という。

信長の命令が伝えられたときは、初夏であった。浜松城には、遠州灘《なだ》からの潮風がここちよく流れ込み、三の丸からは、家来たちのざわめきも聞こえてきている。家康はそのなかで、ひとり、あぶら汗を流して考え込むのである。家康にとって、浜松城は忘れられない場所になっていたろう。しかし、家康は、浜松城本丸で決断をくだす。

家康は武将として、家来たちの将来をえらんだのである。夫として、また父としての人情よりも、主君と家来の関係を重んじようとしていた。いまは戦国の世である、城を中心とした戦闘集団の維持がなによりも優先するのである。妻と子は捨てなければならなかった。家康は浜松城に立ち、天を仰いでいたろう。悲しみは指先をふるわせていたはずである。

家康はこの年八月、まず築山殿を討つ。家康は合掌していた。ついで九月、信康をいまの静岡県天龍《てんりゅう》市二俣《ふたまた》城において、殺害を命じていた。二俣城は浜松城の北、やや東にある。家康はその方角を正視できない。ふたつの城の間の三方原の野も、風なく静まりかえっていた。信康、享年二十一歳である。

連勝と民衆と

しかし家康は、悲しみにながく沈んではいられない。三河・遠江の周辺には、たえず喊声《かんせい》がおこり、騎馬隊が、槍《やり》・刀をきらめかせながら、走りつづけているのである。武田《たけだ》方の将が、小侵入をくり返し、関東の北条氏政《ほうじょううじまさ》の軍も、箱根《はこね》ごしに、西の浜松城をみつめている。つねに緊張がしいられていた。

家康は、築山殿《つきやまどの》たちのことがおこる四年まえ、天正《てんしょう》三年には、織田信長《おだのぶなが》とともに、武田勝頼《かつより》と戦うため、長篠《ながしの》に出陣している。現在の愛知県南設楽《したら》郡鳳来《ほうらい》町である。設楽原の合戦ともいわれるこの戦いは、勝頼が父信玄《しんげん》の意図を継ぎ、信濃《しなの》(長野県)から三河に進出してくるのを防ぐ戦いであった。ここを破られれば、勝頼は、三河と遠江の国ざかいに出てくることになる。家康の領地は分断され、浜松城は孤立することになろう。

家康は、約五千の将兵を率い、浜松城を出る。浜松城を守るための出陣であった。このときの武田方には、信濃・関東を駆けめぐった、勇壮をもって知られる甲斐《かい》騎馬軍団のいることがわかっている。勝敗の予想はつかなかった。またこのとき、家康と同盟して出陣してきている織田信長は、はじめて甲斐軍団と戦うことになっていた。信長は、武田方の強さをまったく知らないのである。苦しい戦いになるもの、と思われていた。

家康は、城内鳴子《なるこ》口から、南の大手門までの広い曲輪《くるわ》にひしめく五千の将兵をながめ、また振り向いて天守を見る。出発したのは五月中旬である。現在の暦になおして六月下旬になる。梅雨《つゆ》季であった。空はどんよりと曇って、暗い。天守の白壁と、曲輪を囲む築地塀《ついじべい》の白さだけが、雨雲の下に光っていた。

だが、この戦いは、思わぬ大勝をつかむ。設楽原の連子《れんご》川をはさんでの両軍の戦いは、甲斐騎馬軍団と、徳川《とくがわ》・織田軍鉄砲隊の戦闘となり、家康・信長は圧勝するのである。信長は、兵に「深追いをやめよ」と命令するまでになっていた。

家康は五月下旬、浜松城に凱旋《がいせん》する。おりよく梅雨あけを迎えていた。浜松城の天守は、夏の陽光のもとにひときわ輝いている、と家康は見ていたろう。いい城であった。

しかし、家康の苦悩はつづくのである。戦国の武将として一城を守り抜き、領地を維持するには、心身をすり減らす苦痛がともなうことになっていた。

天正十二年、浜松城はまたもや、他の戦国武将の目標とされることになる。このとき浜松城をめざしていたのは、豊臣秀吉であった。秀吉は家康を抜いて頭角を現わし、すでに家康と争う力をもちはじめていたのである。秀吉にとっては、感無量であったろう。家康は城内で色めきたつ。

だが家康は、このとき、頼みとする同盟者をもっていない。二年まえ、織田信長は本能寺《ほんのう》に討たれていた。家康は秀吉を前にして、独力で兵を集めなければならないのである。やがて天下をめざそうとしている秀吉と争って勝つことは、戦国武将としての家康の地位を、いちだんと高くすることにはなるであろう。しかしこのとき家康がもっていた領地は、ひろがっていたといっても、駿河《するが》・甲斐・信濃を加えたにしかすぎない。現在の岐阜県である美濃《みの》以西の多くをもっている秀吉とは、比較にもならないのである。だが、勝たなければならない。家康は浜松城を中心とする、三河・遠江一帯に総動員令を出す。

このとき、三河・遠江一帯の領民は、浜松城の天守を怨《うら》めしく見あげていたろう。家康はこのふたつの国の領民に、からだの自由のきかぬもの、知能の普通よりおくれているものをのぞいて、十五歳以上の男子のすべてに、戦闘への参加を命じていたのである。女ばかりが残されることになっていた。

折あしくこの年は異常気象である。日照りがつづいていた。農作業にどうしても男手は必要なのである。だが、例外は許されなかった。戦国の世の残酷《ざんこく》さは、このようなところにもあらわれる。武将を囲み、城を中心とする戦闘集団は、民衆の生活も踏みにじって進むのである。築山殿たちだけが犠牲になったのではない。

浜松城からさして遠くない、三河国渥美《あつみ》半島の田原では、ちょうど龍門《りゅうもん》寺という寺を新築中であったが、この総動員令のため男がすべて出払い、寺は崩れ落ちてしまうことになる。またこのあたりは、当初から水が少ない土地がらともあって、日照りつづきのなかで、たべもの、飲みものに困り、残された女たちの集団自殺を生じていた。浜松城の周辺には、悲惨もひろがるのである。このときの民衆にとって、城は鬼と見えていたにちがいあるまい。

しかし家康は、この戦いでも、勝つことができていた。合戦場は、現在の名古屋市北方の小牧《こまき》、東方の長久手《ながくて》になる。当時は緑の少ない白い土のむきだしになった丘陵地帯であった。家康はここで、浜松城に進もうとする秀吉方の大軍を、夜行して谷間に追いつめる。

乱戦の果て、徳川方は勝利を得ていた。小牧・長久手の合戦とよばれるのがこれである。家康はこの勝利により、戦国武将のなかでも、上位の座を占めることができることになっていた。総動員令の成功でもあった。徳川方の死者、五百九十余。ただしこのなかに、民衆の犠牲者は入っていない。その数は限りないであろう。

家康はこの戦いのあと、浜松城において戦死者の供養を盛大に行なっている。これはのち、合戦後、徳川軍がかならず行なうことになっていた、恒例行事のはじまりである。三百人をこえる僧侶《そうりょ》の読経の声が流れ、香華のかおりが浜松城内に満ちていた。鉦鼓《しょうこ》のひびきは、引馬《ひくま》の古城のあたりまでとどくのである。ただしここでも、民衆の犠牲者の霊位は対象になっていない。父を失い、子を失った村のものたちは、遺品もとどけられぬありさまのなかで、ただ涙するばかりであった。これらのものたちは、すべて浜松城の天守に背を向ける。城は冷酷でもあった。

武将の面目

しかし家康の地位は、この勝利により飛躍的に上昇する。秀吉《ひでよし》との間に、対等の政略結婚も行なえるようになるのである。築山殿《つきやまどの》以来、正室をもたないでいた家康は、秀吉の妹、朝日姫を妻にむかえることもする。秀吉はまた、実母大政《おおまん》所《どころ》を人質として岡崎城《おかざき》に送ってくることさえするのである。浜松城は、家康の力の増加にともない、日本じゅうから注目されることになっていた。本丸に起居する家康の一挙手一投足が、すべての戦国武将の関心をひくようになっていたのである。天正《てんしょう》十七年（一五八九）には、遠江《とおとうみ》地方にマグニチュード六・七の地震もおこるが、浜松城のどこにも損害はなかった。領国とともに、城は安泰だったのである。

家康は満足であったろう。もちろん家康は天下をめざすことを忘れてはいない。しかしいまは、その天下も手のとどくところにあるのである。家康はただ、それがわが手に自然にころがり込むのを待つだけであった。

だが、地位功名を得た家康にも、振り返ってみて肝を冷やしていた合戦の思い出はある。なかでも、元亀《げんき》三年（一五七二）、家康三十一歳のとき経験した三方原《みかたがはら》の合戦は、生涯《しょうがい》忘れえぬ戦いであった。今日にして思えば、この合戦が家康の生涯を決めた、ともいえる。家康の地位はまだ不安定なときであった。家康は、浜松城のすぐ北、三方原台地において、武田信玄《たけだしんげん》と戦ったことがあったのである。浜松城のあらたな築造が終わって二年めの、まだ落ち着かぬときであった。十二月二十二日、夕闇《ゆうやみ》に冬の雨が細く降りだしたときである。浜松城も、雨の底に沈んで見えていた。

このとき武田信玄は、もっているすべての力を投入して、西に進もうとしていた。京都へ上るつもりであった、ともいうが、じつはそのまえに、そのとき勢いを伸ばしてきていた織田信長《おだのぶなが》をたたき、西への道をひろげておくつもりであったものと思われる。信玄は約二万の大軍を率い、甲斐《かい》から信濃《しなの》に出て、現在の長野県と静岡県の県境にある、青崩峠《あおくずれ》から一気に遠江の野におどり出ていたのである。

家康は仰天する。予想されていたこととはいえ、このように早く、しかも信濃の地からとびだしてくるとは思ってもいなかったのである。のち、信康《のぶやす》を殺害することになった二俣《ふたまた》城は、このときは落城している。武田軍はいっぽうでは駿河《するが》に手をのばしながら、主力は三方原の東を南へ下り、浜松城をめがけて進撃してくるのである。浜松城と家康は危機を迎えていた。家康は生涯《しょうがい》のうち、これほどまで近く、浜松城のそばに敵を迎えたことはない。それもまだ、遠江を手に入れてしばらくのちの、名もあがらぬときのことであった。家康の家来は、このとき八千ほどしかいない。三倍以上の兵力をもつ武田方を相手にすることになっていた。

だが突然、武田信玄は、兵の進む向きを西にかえる。浜松城の北、三方原台地の真ん中を悠々《ゆうゆう》として西進しはじめるのである。家康は茫然《ぼうぜん》とさせられることになる。武田信玄は、名もない家康などには目もくれない、とする姿勢をみせているのである。家康はこんどは、怒りださなければならなかった。家康は、信玄からないがしろにされているのである。

だがこれは、信玄のほうに、ものをみる目があったからであった。信玄は、浜松城の強固さと、徳川《とくがわ》の家来たちが、徳川の家を守ろうと懸命になっていることをよく承知していた。家康の青春時代の労苦と、兵を損じないようにして遠江を手に入れた、その考え方もよく心得ていたのである。その家康が、家来たちと力をあわせて、この浜松城を守れば、たとえ二万の大軍で攻めても、容易に落ちるものではない、とすぐ気がついていた。一か月、二か月はここで足ぶみをさせられてしまうのである。

それよりも信玄は、さきをいそぐ。このとき信玄は、病気でもあった。生きているうちに織田信長をたおしたいのである。信玄は、浜松城を攻めて時間をむだにしたくない。それよりも三方原を横断することによって、あわよくば家康を誘いだそうとしていた。浜松城の外で戦おう、とするのである。信玄にとって、浜松城はじゃまな存在であった。家康は信玄にないがしろにされているのではなく、かえって実力を認められていたのである。

しかし、家康も、その家来たちも、それに気がついていない。

「浜松城下を通り過ぎていこうとする敵を、だまってみている理由はない。武将としてこれほど恥ずかしいことがあるだろうか。あとになって、家康は、寝ている枕《まくら》もとを踏みこえられたのに、おきあがることもできなかった臆病《おくびょう》者である、と人にいわれたならば、徳川の家にも、家来たちにとっても、これほどの恥はあるだろうか」

家康はこういって、断固として三方原で戦うことを決意するのである。家来たちも、両手をあげて賛成していた。家康軍は、騎馬隊を中心にして、浜松城をでる。家康は、せっかく築きあげ、まだ二年しか過ぎていない浜松城も、これが見おさめになるのではないかと覚悟していた。徳川の家も、自分一代で終わりになる、と思うのである。浜松城も武田信玄に占領されるにちがいないのである。

家康が覚悟をかためていたことは、つぎのことでもわかる。ふつう、武将が戦場に赴くときは、自分も、家来たちも励ますために、強いことをいうのがつねである。勝利はわれにあり、と叫び、元気をつけるのがあたりまえであった。だがこのとき家康は、そのようにはいわなかった。勝敗は戦ってみないとわからないとして、つぎのようにいっていた。

「勝敗は、天にあり」

三方原合戦

いっぽう、武田《たけだ》軍の将兵も、南に見える浜松城をそのままにして、三方原を横断していくのは、愉快ではなかったろう。武田方はこれまで勝ちつづけている。二、三の失敗はあったが、日本の山間部の、小さな甲斐《かい》一国から、東海道をのぞく日本中部のことごとくを征服する大国に成長しているのである。浜松城ひとつ攻めないでいくのは、心残りがあったはずである。

しかしたしかに、武田方にも、浜松城は大きく見えていた。それは、争いを拒否する強さにもみられるのである。遠江《とおとうみ》・三河《みかわ》を支配しているのは自分だ、という徳川家康の主張とも思えていた。領地に侵入するものは撃退する、とこぶしをふりあげている姿にもみえるのである。武田軍の将兵のなかには、若干の気おくれも感じながら、三方原を通り過ぎているのもいたにちがいあるまい。これがのちに、武田方の最後の詰めを失わせることになる。

申《さる》の刻、というから午後四時ごろになる。家康たちの一行は、三方原台地が西に切れようとする地点で、武田方に追いついていた。

その家康たちの一行に対し、武田方の後尾から、不意に小石が投げつけられる。武田方は、徳川軍の反応をみようとしたのである。信玄《しんげん》にとっては、これが作戦であった。守りの固い浜松城から、家康たちはほんとうに戦うためにでてきたのかどうか、確かめようとしていた。

いっぽう、武将の面目をかける家康にとっては、この小石の投げつけはさらに事を不愉快にするものである。家康の家来たちは、いっせいに武田軍に襲いかかっていた。信玄もただちに、全軍の停止、後方への突撃を命じる。浜松城の天守がすぐそこに見える、三方原台地における乱戦は、このようにしてはじめられていたのである。冷たい冬の雨が降りだしたのも、このころであった。

緒戦は家康方の勝利になる。戦う理由は、家康方のほうが正当である。背後に浜松城が見えることでもわかるように、ここは家康の領土なのである。武田方は

侵略者であった。家康も家来たちも、遮二無二《しゃにむに》戦う。大久保彦左衛門《おおくぼひこざえもん》は、のちに、

「信玄のすぐそばまで斬《き》りかかり、斬り捨てて進んだところ、信玄の旗本たちが、真っ黒な一団になって斬りかかってきた」

といっている。

この日は、いまの暦になおすと、二月四日になる。太平洋側の日本が、いちばん寒い季節になっていた。加えて雨である。戦っても汗はすぐ冷え、武士たちも寒さにふるえていたろう。それに足もとは冷たい泥《どろ》である。夕闇《ゆうやみ》も迫ってくる。武田方も家康の家来たちも泥に馬の足をとられ、ころげ落ちては組み討ちとなるのである。

しかし、やがて形勢は家康たちに不利になっていく。数のうえでは、武田方が圧倒的に多い。家康たちがじりじりと後退をはじめるのはやむをえなかった。家康も退却を決意する。戦場の真ん中を、一騎、浜松城をめざして駆けもどるのである。だが、家康の家来たちは勇敢であった。『甲陽軍鑑《こうようぐんかん》』という軍学書のなかでは、家康たちの家来のたおれ方を、つぎのように説明している。

「討死した三河武者は、どのように身分の低いものでも、みな戦いをいどんできていた。その証拠に、討死したものの死骸《しがい》のうち、武田方のほうを向いたものはみなうつむけになり、浜松城のほうにたおれたものはみな、あおむけになっていたことでもわかる」

家康の家来たちは、浜松城を守り抜こうとして、みな前を向いて死んでいた、というのである。家来たちは、自分たちの土地を守るため、その象徴である城を背にして、戦っていたのである。城が、侵略に対する正義の象徴ともなっていた。だが、家康方の敗軍はまちがいがなかった。家康の背後を守る家来たちの一団も、浜松城北面の、玄黙口《げんもく》から、なだれをうって浜松城内にもどる。城は心のよりどころであり、また身を守るよりどころでもあった。ふるさと、といってもい い。

家康は、十分に家来たちのその気持ちを読んでいた。家康はひととおり家来たちの収容を終わったあとも、玄黙口をあけておくことを命ずるのである。すでに闇になっていた。雨は降りつづいている。空は厚い雲におおわれ、星ひとつ見えなかった。

家康はその闇のなかで、さらに玄黙口のなかに、大かがり火を焚《た》くことを命ずる。闇に一点、大きな燈がともされるのである。逃げおくれ、あるいは負傷して浜松城の方角を失い、途方に暮れていた家康の家来たちにとって、このかがり火は、大きな救いになっていたろう。それらの兵士たちにとっては、城と火は、母親のかわりにもなっていた。兵士たちは、母のふところに帰るように、城にもどってくるのである。

もちろんこの火は、武田方の将兵の目にもとまる。武田方は、この火をめがけて、いっさんに走ってくるのである。浜松城が攻撃らしい攻撃をうけるのは、このとき一回かぎりになっていた。しかし、家康は、門をとざすことを許さない。味方の最後のひとりが帰るまで、火を焚《た》きつづけさせるのである。家康はこのとき、計略として火を焚きつづけたのではあるまい。あくまで、城には徳川方将兵の心身のよりどころがある、とみていたからであろう。

だが、攻めてきた武田方は、門が閉ざされぬのに、かえって計略を疑い、攻撃を中止して引き揚げていた。家康が以後、城をたいせつに思い、城を守るために努力して、徳川三百年の基盤を築いたのは、これまで述べたとおりである。浜松城が、その出発点になっていた。

名古屋城

杉本苑子

すぎもと・そのこ

1925年〜2017年。62年、「孤愁の岸」で直木賞受賞。他に「片方の耳飾り」「滝沢馬琴」など。

端緒となった絵島事件

長いキセルを好んだ殿さまがいた。尾張《おわり》家七代目の当主、徳川宗春《とくがわむねはる》――。享保《きょうほう》十五年（一七三〇）十一月から元文《げんぶん》四年（一七三九）正月まで、足かけ十年の間、名古屋城のあるじとして藩政をとった人である。

この殿さま、寺参りなどで城外へ出ると、これ見よがしに長いキセルで煙草《たばこ》を吸った。はじめのうちは五尺、一メートル五〇センチぐらいのキセルですぱすぱやっていたが、とうとうしまいには二間《けん》もある長大なものをつくらせた。約三・六メートルだ。こうなると、ひとりではささえきれない。真ん中あたりを、小野《おの》田玄格《だげんかく》というお気に入りの茶坊主が担いで歩く。ずいぶん珍妙な図であった。

キセルが長いだけではない。宗春の風体がまた、すこぶる変わっていた。着物も羽織も燃えるような紅色《べに》……。頭には緋縮緬《ひぢりめん》のくくり頭巾《ずきん》をいただき、青竹を組んでつくらせた手輿《たごし》に乗って行く。天井がなく、囲いもないから、町すじの庶民たちの目にはなかがまる見えだ。茶坊主は輿の前側をすすむ。肩にのせたキセルの先端からぷかりぷかり煙が出、吸い手の殿さまは気持ちよさそうに、輿の上から城下のにぎわいをながめて行くわけである。

しかも帰り道には赤ずくめの衣装をすっぽりぬいで、白練《しろねり》の小袖《こそで》に着替える。帯は前むすび、羽織も袴《はかま》もつけない。緋縮緬のくくり頭巾は、身の回りの世話をするこれもお気に入りの同朋衆《どうぼうしゅう》、覚阿弥《かくあみ》というものが拝領し、花餅《はなもち》屋に扮《ふん》して、

「さあさあ、ひとつ一文じゃ一文じゃ」

子ども相手に売りながらお供の列に加わって歩いた。家来が、商人のまねをするなどという突飛な行動も、すべて宗春の指図なのだが、町人たちは喜んで楽しい仮装でも見るように、殿さまの外出を心待ちにしたのであった。

尾張侯といえば徳川親藩、水戸・紀州とならぶ御三家の筆頭である。将軍に次いで身分は重く、格式も高い。そんな大藩の藩主が、なぜ異風を好み、ことさらのように、世人の目をおどろかす奇行を演じて得意になっていたのだろう。変わ

り者なのか？　それとも少々、愚かにでも生まれついていたのだろうか？

いや、違う。尾張宗春は慧敏《けいびん》な君主だった。むしろなみより頭が切れ、感性も鋭い気性のはげしい藩侯だったのである。宗春の珍奇な行動は、彼なりのレジスタンスの表出であり、この抵抗によって彼の政治生命は、わずか十年で断たれなければならなかったのだ。

では宗春は、だれに対し、何に向かって抵抗しようとしたのだろう。通常その相手は、八代将軍徳川吉宗《よしむね》だといわれている。あるいは、旧制を墨守し幕府の目の色をうかがうことにばかり汲々《きゅうきゅう》としていた尾張藩の重役陣、もしくは彼らをささえる藩の機構そのものだったともいわれている。

また、宗春は、当時幕府の方針として強力に押しすすめられていた暗い、鬱陶《うっとう》しい緊縮政策——いわゆる「享保の改革」に反発し、それへの批判からあえて華美にはしったのだと説く学者もある。

わたくしは、以上三つの対象の、どれとひとつに限定するのではなく、引きくるめてすべてに、宗春は怒りをいだいていたのではないか、と思う。

吉宗との不和……。なにかにつけて協力すべき親類であり、本家宗家《そうけ》でもある将軍と、どうして宗春は悪感情をもち合う仲になってしまったのだろう。

それを説明するためには、すこしさかのぼって宗春の兄の、四代目尾張藩主吉通《よしみち》の時代に目を向けなければならない。

そのころ徳川将軍家は、名君の誉れ高い、六代家宣《いえのぶ》であった。ゆきすぎた「生類憐《しょうるいあわ》れみ令」を公布して、世間の指弾を浴び、「犬公方《くぼう》」の異名までたてまつられた前代の綱吉《つなよし》将軍が死ぬと、あとをうけて立った家宣は、ただちに悪法を撤廃し綱紀のゆるみを匡《ただ》して人心を一新……。清潔な理想政治を発足させた。

左右の腕となって家宣将軍の新政を補佐したのは、これも、徳川三百年間を通じてまれにみる良宰相と折り紙つけられた間部詮房《まなべあきふさ》、いまひとりは家宣の学問の師であった新井白石《あらいはくせき》である。

この両人を車の両輪として、家宣は幕政の刷新に意欲を燃やしたけれども、残念なことに身体が頑健《がんけん》でなかった。山積する課題に心を残しながら、まだまだこれからという働きざかりに亡くなってしまったのだ。側室の、月光院《げっこういん》お照《てる》の方《かた》の腹から、息子がひとり生まれていた。この子が父の跡目を継いで、七代将軍家継《いえつぐ》と名のることになったけれども、まだ幼く、体質はやはり虚弱だった。

「長生きは、おぼつかなそうだ」

そう判断して、家宣将軍は息を引きとるとき、臨終の枕辺《まくらべ》に間部詮房・新井白石・月光院ら日ごろ信頼していた人びとをよび、

「万が一わたしの死後、家継までが早死にするような事態となったら、名古屋から尾張藩主徳川吉通どのを迎えて、八代将軍の座につかせるように……」

と遺言した。

「よく、わかりました。かならず、ご遺志に添うようとりはからいます」

涙ながら、白石や詮房らは誓った。

水戸《みと》の綱条《つなえだ》、尾張の吉通、紀伊《きい》の吉宗——。候補者は三人いる。年齢からすれば綱条が最年長だが、宗籍としての格では吉通こそ適任である。名分上、これがもっとも自然だし、感情からいっても家宣将軍には、紀州吉宗を立てたくない思いがくすぶっていた。

もともと家宣は、犬公方綱吉の子ではない。綱吉には兄にあたる甲府宰相綱重《つなしげ》の息男なのだ。四代将軍は家綱《いえつな》といい、若死にして子がなかった。だから順序からすればその弟の、甲府宰相綱重が五代目を継ぐわけなのだが、この人も亡くなったため、さらにその弟の綱吉が館林《たてばやし》の分家から本家へもどって、五代将軍となったのである。

襲封のはじめから、綱吉は悪政を布《し》いたわけではなく、「犬公方」でもなかった。それどころか四書五経にこりかたまった学問好きな、儒教倫理の信奉者だったから、

「本来なら、兄の甲府宰相綱重どのが継ぐべき五代将軍の位であった。惜しくも亡くなられたために、わたしが跡目に直ったわけだけれども、筋目からすれば綱重どのの子の綱豊《つなとよ》(のちの家宣)こそ、将軍位の正しい継承者である。わたしは一時、大権をあずかったにすぎない。たとえこののち、わたしに息子が生まれても、その子に六代将軍の座はけっして譲るまい。兄の忘れ形見、綱豊の成長を待って、この甥《おい》に将軍位を継がせよう」

と、たいへんりっぱな、理路整然たる揚言を当初はしていた。

しかし、じっさいに権威をほしいままにしてみると、つかんだ力を手から離すのが惜しくなる。綱豊が少年から青年になり、壮年に達してもいっこうに、綱吉は譲位の約束を実行しようとせず、それどころか甥の存在をじゃまにして、ひそかに抹殺《まっさつ》しようとさえくわだてるにいたった。というのも、正室はじめ側妾《そくしょう》たちだれの腹にも、これまでひさしくみごもらせることができなかった男の子——徳《とく》松《まつ》が、やっと誕生したからで、そうなると、

「ぜひともわが子に、つぎの将軍位を渡したい」

と考えるようになる。

ところが、手の内の珠《たま》と思って育てていた徳松は、過保護が祟《たた》って夭折《ようせつ》してしまった。綱吉将軍は残念でたまらない。

「なんとしてでももう一度、世継ぎの男児をもうけたい」

じれても、あせっても、しかし女性たちのうちだれひとりとして、ふたたび男の子を生む気配はなかった。そんな綱吉の執着と煩悩に、たくみにつけ込んだの

が音羽護国寺《おとわごこくじ》の亮賢《りようけん》ら、桂昌院《けいしようういん》(綱吉の生母)の帰依《きえ》あつい奸僧《かんそう》どもだ。

「前世に殺生をあそばした報いで、上さまはお子に恵まれないのでございます。生きものを憐れみ、とりわけ干支《えと》にあたる犬にはお慈悲をかけられて、手あつくこれを保護なされば、きっとまた、お世継ぎの男児が出生あそばすでしょう」

無根拠・無責任な進言をまにうけたおかげで、未曾有《みぞう》の悪法ともいうべき「生類憐れみ令」が公布され、ながく日本じゅうの民衆を苦しめる結果になったのである。

ごますり坊主どもの加持祈禱《きとう》、犬の優遇など、何をやってもしかし、しょせんは愚行なのだから、効果などあがろうはずはない。男の子が、ついに生まれないのに業《ごう》を煮やして、綱吉はとうとう、

「鶴《つる》姫の夫の、紀州綱教《つなのり》に跡目を譲ろう」

と言いだした。

鶴姫は、亡くなった徳松のほかに、綱吉がもうけた、たったひとりの女児で、このころすでに、紀州家に嫁《とつ》いでいたのだ。

あくまで綱豊には、六代将軍位を渡したくない。甥などよりも娘が可愛い。娘婿《むこ》にあとを継がせようというわけである。紀州家では「棚《たな》からぼた餅《もち》」のなりゆきに、当の綱教はじめだれもが喜んだ。ひそかに期待もしたけれども、綱吉将軍のこの横紙破りを、さすがに周囲の良識が許さなかった。

四十過ぎるまで待ちぼうけをくわされ、日陰に置かれながらも、綱豊はじっと冷遇に耐えて、新井白石ら碩学《せきがく》に師事し、身の修養に励んでいる。疎外する理由など何ひとつないわけだった。

享保の改革を嗤《わら》う

綱吉《つなよし》将軍もやむをえず、死期が近づいてからようやく、約束を実行に移すむね宣言し、甥《おい》の身柄を西の丸へ迎え入れた。こうして、かろうじて綱豊《つなとよ》は、六代目の大統を継ぎ、名を家宣《いえのぶ》と改めて、綱吉亡きあと、その秕政《ひせい》の刷新にのり出したわけなのだが、味わわされた数々の無念を忘れることはできなかった。叔父《おじ》にバックアップされ、自分を押しのけて横合いから、将軍位を奪おうとした紀州家への憤りも、深く心魂に刻まれて消えるときはなかったのである。

在位四年に満たずして世を去ることになったとき、だから家宣将軍が、

「わが子家継《いえつぐ》が万一、早死にした場合、跡目はかならず、尾張《おわり》家から迎えるように……」

遺言したのは当然だった。

前将軍の理不尽、父性の愚に根ざした偏愛、えこひいき……。おかげで長期間、冷や飯を食わされつづけてきた主君の無念は、白石《はくせき》ら側近もよく承知している。

（紀州家にだけは、将軍位を渡してはならない……）

だが、それより何より彼らにすれば、少年将軍家継の健康保持に留意し、一日一刻も長く、その在位期間を延ばすことに専念することこそ眼前の急務だった。

生母の月光院《げっこういん》も懸命になって、わが子の体質改善につとめたけれども、家継の病

弱は募るいっぽうである。

(家継将軍の在世は、先が知れている。遠からず父のあとを追って、あの世ゆきとなるにちがいない)

だれの目にも、そう映った。

「棚《たな》からぼた餅《もち》」のチャンスを逃した紀州家は、ことにも野心を捨てきれなかった。綱教《つなのり》の弟にあたる吉宗《よしむね》は、家宣将軍の未亡人天英院《てんえいいん》を抱き込んで、ひそかに巻き返しの好機をうかがった。

天英院凞子《ひろこ》は関白近衛基凞《かんぱくこのえもとひろ》の息女——。家宣の正室ではあったが、夫との間に愛は薄く、子も生まなかったお飾り妻である。存命中、家宣がだれよりもいつくしんだのは月光院だった。幼い家継をなかに、家族団欒《だんらん》の喜びは月光院の局《つぼね》にこそつねにみられたのだ。

のけ者のくやしさを噛《か》みしめとおしてきた天英院にすれば、月光院が憎い。彼女の生んだ家継も、むろん可愛いわけはないし、その家継少年を、

「先君の血を引くひと粒種《だね》……」

と、かしずきうやまう新井《あらい》白石・間部《まなべ》詮房《あきふさ》らにも好感はもちえなかった。

「亡き夫が紀州家をきらい、尾州を推すならば、わたしはあべこべに、紀州家の肩持ちをしてやろう」

そんな、女らしい感情の流れに、吉宗はじょうずに乗ったのだといえよう。

新井白石は、アカデミックな学閥の圏外にいた学者である。不遇時代の家宣に見いだされ、その将軍職継承にともなってブレーンの一員に出世したわけで、間部詮房もその点はよく似ていた。やはりまだ、家宣が部屋住みのころ、卓抜した才能と識見を買われて側近に取り立てられるという経歴の持ち主だから、生え抜きの幕臣から見れば、どのような高度な政治理念であれ、

「成り上がり者が机上に描く空論」

としかうけとりにくい。

白石を目の仇《かたき》にしたのは官学派の総帥林大学頭《はやしだいがくのかみ》だし、詮房の登用を嫉妬《しっと》してその失脚をねらっていたものは、老中《ろうじゅう》筆頭土屋《つちや》政直《まさなお》を頂点とする官僚群だった。

ここに、自然と派閥がふたつ生まれる。ひとつは月光院・白石・詮房ら家継少

年擁護派グループで、その先には尾張家がある。そしていまひとつは天英院・林《りん》家《け》・土屋ら反家継派グループ……。彼らの先端には紀州吉宗の影が見え隠れしている。

わたくしの見るところ、しかし月光院派は、たとえ幼少であれ病弱であれ、ともかく現将軍を手ににぎっているという事実の前に、ゆだんしきっていたのではなかろうか。そろいもそろって〝お人よし〟でもあったのだ。

月光院はもともと、町医者の娘で、気性のさっぱりした、作意など弄《ろう》せない朗らかな江戸女である。美貌《びぼう》と、淡泊なその性格を家宣に愛されて素直に子を生み、ほとんど苦労なしに将軍家ご母堂の地位を獲得してしまっただけに、嫉《ねた》まれる怕《こわ》さに気づいていない。白石や詮房がこれまた、清廉潔白を絵にかいたような聖人君子の見本だから、うしろ暗い策謀などおよそたくらめなかったし、たくらむ気もおこさぬ人びとだった。その末につながる尾張家も、家宣将軍が遺言のなかで名をあげた吉通《よしみち》は死に、弟の継友《つぐとも》が当主となっていたけれども、やはりとうてい、紀州の吉宗を相手には、互角に太刀《たち》打ちできぬ好人物である。

いっぽう、天英院は素性ただしい摂関家の姫君――。生母は後水尾《ごみずのお》上皇の皇女だというプライドがある。表面、品よくかまえていても、腹のなかでは何を考えているのかわからぬ辛抱強い京女だ。そば近くつかえる女中たちも、おもだった上臈《じょうろう》連中は京都からつき従ってきた女たち……。官学派の学者・幕閣はえぬきの官僚たちの切れ味は、これまた、いうまでもなく剃刀《かみそり》の鋭さだし、紀州吉宗も同様、したたかさにおいて人後に落ちぬやり手だから、勝負ははじめから決まっていたようなものだが、「家宣将軍の遺言」を切り札にもち出されると、なんといっても天英院派は弱い。泣きどころである。そこで一気に、ほとんど力ずくの強引さで遺言の効力――つまり月光院派の優位を突き崩すべくしくまれたのが、史上有名な「絵島生島《えじまいくしま》事件」だったのだ。

絵島は月光院に重く用いられていた奥女中、生島新五郎は彼女の相手に擬せられた人気絶頂の二枚目俳優だから、ふたり並べると、いかにもなまめかしいスキャンダルのようだけれど、情事の証拠などありはしない。あとから、おもしろおかしくうわさに囁《ささや》かれた想像説で、実態は逮捕者千人にも及んだ一大疑獄であった。

しかし、曖昧模糊《あいまいもこ》とした判決文、足もとから鳥が立つような即決裁判、裁き手の、後日の処罰などいくつもの疑点が語るように、疑獄自体も、じつはわざわざ大騒動に仕上げたでっちあげで、絵島は不用意さゆえに足もとをすくわれ、うまうま標的《ターゲット》にされたにすぎない。

生島新五郎にいたっては、なんとも気の毒な巻き添えで、当代一の人気者ゆえに、事件を派手に、大きく扱おうと策動した側の、これも犠牲羊《スケープゴート》に供されたわけである。

ともあれ「絵島生島事件」で、月光院派はとり返しのつかぬ痛手をうけ、しかも追いうちをかけるようにこの直後、家継将軍が薨《こう》じてしまった。もはや何をかいわんやである。天英院派のあげる勝鬨《かちどき》の声に迎えられて、紀州家から江戸城へ、吉宗は大手をふって乗り込んでき、八代将軍の座についた。勝負ははっきり決したのだ。

尾州家にすれば、しかしこの決着は、あと味のわるい残念きわまるものだった

にちがいない。吉通のつぎに家督を継いだ継友も、享保十五年（一七三〇）に急死したが、

「あと腐れのないように、吉宗将軍が隠密《おんみつ》に手を回して、毒殺させたのだ」

物騒な、そんな風評さえ交わされたところに、とりもなおさず尾張藩上下の、吉宗への反感がにじみ出ていると評せよう。

継友のあとをうけて尾張藩主になったのが、三・六メートルのキセルで煙草《たばこ》を吸った宗春《むねはる》である。この人は先代継友の腹違いの弟にあたり、初名を通春《みちはる》と称した。はじめ奥州梁川《やながわ》（福島県）三万石の領主松平義昌《まつだいらよしまさ》のもとへ養子に出されたのだが、吉通・継友ら異母兄たちがつづいて逝去《せいきょ》したため、名古屋へよびもどされて実家の跡目を相続したのであった。

はじめにも書いたように、宗春はなかなか頭の切れる名君で、名古屋入りする直前、『温知政要』という書物を江戸藩邸で著わしている。これからとりかかろうとする藩政への、抱負と自戒を述べたものだが、そのなかで宗春が、

「たとひ千金をのべたる物にても、軽き人間一人の命にはかへがたし」

といっているのは注目してよいだろう。

現在ならあたりまえなこの認識も、個人の基本的人権が確立していず、身分制度の差別観のなかで、下層の人びとの命など虫ケラ以下か塵芥《ちりあくた》のように見られていた封建世相下での発言として読めば、たいへんユニークだし正論でもある。宗春は、まして将軍家に準じる上流社会の出身者なのだ。

「惣《そう》じて人には、好き嫌《きら》ひのあるもの也。衣服食物をはじめ、物ずき夫々《それぞれ》にかはるもの也。しかるを、我が好む事は人にも好ませ、我が嫌ひなる事は人にも嫌はせ候やうに仕なすは、甚《はなは》だ狭きことにて、人の上たる者、別してあるまじきこと也」

とも宗春は戒めている。自身の趣味嗜好《しこう》を最善最良のものと信じ込んで他人にまで強制するのは狭量もはなはだしい。支配者は、ことにこの種の押しつけを自戒しなければいけない、というのである。

「改め直す事、よきとばかり心得ては、またまた大なる違《たが》ひも出《い》でくるもの也」

「今日《こんにち》、国を治《おさ》むる者、人のため国のため利益ある事にても、急にこしらへたる儀は衆人の心さわぎ、服せずして、存ずる様《よう》にならぬもの也」

との二か条では、世直しについて論じている。改め直すことを、よいことばかり信念して、無理じいに押しつけては、かえって歪《ゆが》みが生じてくる、と警告し、どのように人民のため国や社会のため益になる施政でも、性急に強制しては人心に動揺をきたし、承服しがたい感情が芽ばえるものだ、結果的には、為政者の存念どおりにいかなくなるだろう、と宗春は予見する。

明らかにこれは、吉宗将軍によって推進されつつある「享保の改革」への批判である。きびしい法治主義を掲げて、吉宗は幕政にのぞんだが、宗春はこの態度を、

「よろずの法度《はっと》号令、年々に多くなるにしたがひ、おのずから背《そむ》く者もまた、多く出《い》で来て、いよいよ法令繁《しげ》く、煩《わずら》はしき事になりたり」

とも嗤った。彼の予想だと

「かくの如《ごと》き様子にて数十年を経《ふ》るならば、のちには声高《こわだか》に咄《はなし》することも遠慮あるようになるまじきものにてもなし」

ということになり、過度の締めつけ政策による人心の萎縮《いしゆく》、景気や国力の慢性的沈滞化を警戒しているのである。

親の心、子知らず

宗春《むねはる》が国入りしてから手をつけたのは、したがって、「享保《きようほう》の改革」のひっくり返しであった。法の厳守と節約の奨励……。それをモットーとする吉宗《よしむね》将軍の政治への、アンチテーゼとしてくりひろげられたのが、名古屋市中の活気回復策である。

それまでの名古屋は、大藩尾州家の首邑《しゆゆう》として、江戸・京・大坂につぐ東海一の大都会にもかかわらず、火の消えたようなさびれ方だった。どの藩もそうであったように、尾張《おわり》藩も財政が苦しく、そのくせ無能で気弱な前藩主継友《つぐとも》は、藩庫の涸渇《こかつ》を、ただひたすら節倹と出費の切りつめだけで救おうとし、吉宗将軍の改革に追従して、消極策にのみ終始していたのだ。

「これはまちがいだ。経済上の立ち直りも、人間の精神が活発に、いきいきとはたらいてこそ成し遂げられる。領民の心から重石《おもし》をとりのぞき、名古屋の町に清新な風を吹き入れれば、おのずから金が動き商業は盛んとなり、都市部ばかりか周辺の農村地帯まで刺激されて、生産高の向上を促す結果となろう。おさえるよりもむしろ逆に、いじけた人心の解放にとりかかるべきだ」

この信念のもとに、まず宗春が手をつけたのが、それまで禁じられていた芝居・遊里の設置であった。祭礼や寄り合いの制限も取り払ってしまったから、いきなり夜が明けたほどにも、名古屋市中は活況を呈しはじめた。

『遊女濃安都《ゆめのあと》』という古書がある。享保十六年（一七三一）正月――つまり宗春の国入り直後から元文《げんぶん》四年（一七三九）九月、その失脚にいたるまでの繁盛の経過を書きとめたもので、筆者はわからない。でも、これを読むと手にとるように、名古屋のにぎわい、市民たちの喜悦と弾《はず》みが見てとれる。

新藩主として入部してきた第一日目から、宗春は旧態をうち破るべく異装で沿道の目をそばだたせた。浅黄の頭巾《ずきん》……。その上に巻き煎餅《せんべい》さながら縁《ふち》のまくれあがった唐人笠《とうじんがさ》をいただき、足袋《たび》から馬まで何もかも黒一色で練ってきたのだ。みごとに肥えた白牛を、近郷から買い上げてのちは寺社参詣《さんけい》の折など、美々しい鞍鐙《くらあぶみ》をこの牛の背に置かせて、宗春は悠々《ゆうゆう》と乗って出た。まばゆいばかりな猩々緋《しょうじょうひ》の装束……。帰りが夜になると道や辻《つじ》々に提燈《ちょうちん》をともさせ、通りに面した店屋の軒にもいっせいに掛け行燈《あんどん》・燈籠《とうろう》のたぐいをかけ連ねさせる。真昼のような明るさである。

家来たちの衣装も善美をつくした。縮緬《ちりめん》・緞子《どんす》・大名縞《じま》・雲龍《うんりゅう》や竹に虎《とら》など思い思いに模様を凝らし、その華やかさは目を奪うばかりだ。

改革の徹底で日本じゅうが貧寒ムードに塗り込められていたやさき、名古屋だけは別天地だと聞いて、たちまち全国から遊女・芸人がなだれ込んで来た。常打《じょう》ちの、本格的な劇場が橘町はじめ、目抜きのあちこちに槌《つち》音高く建設される。西小路・葛町・不二見原《ふじみはら》には遊郭も出現した。付随して茶屋・料理屋・菓子司から駕籠屋《かご》・うどん屋・酒屋まで、嫖客《ひょうかく》相手の商売屋までずらりと建ち並ぶ。

町々の祭礼・盆踊りも盛んになった。女・子どもは着物に綺羅《きら》を競い、夜とおしの辻《つじ》踊りに浮かれ興じる。三味線・太鼓《たいこ》・笛・鉦《かね》・鼓《つづみ》の禁も解かれ、「音曲指南」の看板さえ目立ちはじめた。

祭りのさいは藩公から一町につき銀五枚、十枚とおさげ渡しがある。町ごとに山車《だし》や囃子《はやし》・踊り屋台のくふうをみせ、コンクールのおもむきを呈して見物を熱狂させた。

もしもしや頭巾というのがはやった。紫地、黒地の縮緬に紅裏《べにうら》をつけ、武士までがかぶる。

〽もしもしや　この子やァ
　女の子ならエイそりゃ　すんどえ

この歌の流行といっしょにはやったので、もしもしや頭巾とよばれたわけだ。

姉川《あねがわ》頭巾は、江戸くだりの美男役者、姉川新四郎が舞台で用いたことから大流行となった。遊里をぞめく男どもは猫《ねこ》も杓子《しやくし》もこれを頭にのせていた。

劇場は、享保十七年にはついに二十軒近くに達し、遊女・芸妓《げいぎ》の数も七百人をこえた。大須観音《おおすかんのん》境内・清寿院《せいじゆいん》・飴屋町《あめや》・東輪寺前から稲荷《いなり》前にかかる繁華街などには、相撲《すもう》小屋・見せ物小屋も建った。祭礼や物日《ものび》でなくても興行している。なかでも大入りを記録したのは、ネズミが猫《ねこ》の頭にチョコンと乗って水汲《く》みをしたり、猫が犬の背に乗って踊りを演じる見世物だった。小さな動物たちが鎧《よろい》・兜《かぶと》・振り袖《そで》など扮装《ふんそう》を凝らしているところがおもしろい。

人形福引と称する富クジも現われた。当たっても金はもらえない。反物や人形・煙草《たばこ》入れのたぐいだが、人びとは争ってクジを引いたし、夏は花火まで打ちあげられた。流星・五ツ玉・七ツ玉……。涼み舟がくり出し、河原には桟敷《さじき》がかかって、酒肴《しゆこう》の飲み食いにだれもが夜をふかした。

洒落《しやれ》ことば・隠語も喜ばれた。京・大坂、伏見《ふしみ》や伊勢《いせ》の古市などからも名古屋での稼《かせ》ぎを目あてに、商売女がどっとくり込んできたが、

「やはり藻《も》かぶりが一番だよ」

と男たちはいう。江戸ッ子が江戸前の魚を珍重するのと同じく、名古屋の人びとには目の前の、熱田《あつた》の海で捕れる魚貝がなんといっても最高に思えた。地元の魚は新しく、海中の藻をかぶったまま運ばれてくる。そこで地女《じおんな》を「藻かぶり」とよんだのだ。

「渡辺《わたなべ》」とも、名古屋出身のプロ女性を称したのは、そのころ有名な町医者に、渡辺寿伯《じゆはく》という人がいたからである。遊女の異名を白人《はくじん》という。地元の白人はすなわち地白《じはく》だ。寿伯を、地白にひっかけて「渡辺」と称したわけで、ゴロ合わせからつくられた隠語であった。

心中事件もおこった。畳屋の喜八《きはち》というものが飴屋町の遊女屋「花村」のかかえ小《こ》さんと、言い合わせて命を絶ったのだが、ふたりながら死にそこない、広小路《ひろこうじ》に三日間さらされた。『遊女濃安都』には、

「乞食頭《こじきがしら》支配に相成《あいなる》」

とあるけれども、『金府記較抄《きんぷきかくしょう》』という年代記には、非人の手下《てか》に組み入れられるのをまぬかれて、夫婦になったと記されている。その治世中、死刑囚をひとり

も出さなかった点も、宗春の方針の特質といえるだろう。しかし「親の心、子知らず」である。再三再四、宗春はお触れを出し、

「名古屋の町をにぎわしたのは、沈滞しきった人心を活気づかせ、意気さかんにするためだ。勢いがついたら武士・農民・町人を問わず、それぞれの生業に励まねばならぬ。遊ぶだけでは怠け癖がついて、なんの効果もない。美味をあてがわれても一度にガツガツ食べては、腹をこわす。すこしずつ味わってこそ血となり肉となる道理ではないか」

懇切に説いて聞かせたし、やがては橘町に吟味《ぎんみ》役所を置き、腹心の家来たちを常時、巡回させて、喧嘩《けんか》口論・泥酔《でいすい》やふしだらを取り締まらせもしたが、風儀は崩れてゆくいっぽうだった。

「性急な押しつけ改革は成功しない」

と宗春は、『温知政要』のなかで暗に享保の改革を諷《ふう》したけれど、彼自身の名古屋振興策もいささか急激に過ぎ、手綱をつけるいとまもなく、奔馬を野に放つに似た失敗を招いたのであった。

吉宗はにがりきってこれを見ていた。宗春の施政は、明らかに自分への当てつけであり批判である。そして、その反発が、何に根ざしているかも、吉宗は知っている。

「尾張家から跡継ぎを迎えよ」

六代将軍家宣《いえのぶ》の遺言をふみにじり、「絵島疑獄《えじま》」をむりにでっちあげてまで、紀州吉宗を将軍職につけた天英院《てんえいいん》派への、底ぶかい憎悪を胸にひそめて、宗春は逆戦法に出ているのだ……。

たまりかねて吉宗は、享保十七年、問罪使を派遣、宗春を難詰させたが、柳に風とうけ流された。

「名古屋には自由があります。法度《はっと》は少なく罪人はなく、町人に加役の負担をかけず百姓からとりあげる年貢すら僅少《きんしょう》です。そのくせ、どこからも借金せず藩札《はんさつ》など出さず、上下こぞって楽しんでいるのは、浅薄な目に驕《おご》りと映りながら、じつは倹約しているせいでしょう」

皮肉たっぷりに反撃までされたのである。

姫路城主榊原政岑《さかきばらまさみね》とひそかに通謀し、宗春が幕政の立て直しを策しているとのデマを、まともに信じるほど吉宗も暗愚ではなかったけれど、目ざわりな相手を一刀両断する口実に、風評を利用するのはためらわなかった。大権を発動して有無をいわさず、吉宗は宗春を隠居謹慎させた。御三家筆頭といっても、将軍が伝家の宝刀を抜けば立場上、慴伏《しょうふく》せざるをえない。宗春の身柄は名古屋城三の丸東大手の角屋敷に移され、幽閉された。年四十四……。そのまま退位し、明和《めいわ》元年（一七六四）十月八日、六十九歳で亡くなっている。

公儀の意図に力をあわせて、宗春の挫折《ざせつ》に手を貸したのは、保守頑迷《がんめい》な尾州家重臣層だった。外からは将軍の強権、内からは重役どものゲバルトに突きあげられ、雄図むなしく敗退はしたけれど、金鯱《きんしやち》城をシンボルにいただく名古屋市の、現在の繁栄は、宗春の英断とレジスタンス精神を基礎にして築かれたといってよい。思えば個性的な異色大名、特筆すべき藩主であった。

松本城

山本茂実

やまもと・しげみ

1917年〜1998年。雑誌「葦」を創刊。「ああ野麦峠—ある製糸工女哀史」「野麦峠をこえて」など。

怨霊に傾いた松本城

松本に生まれそこに育ちながら、どうしてか私はこの城が好きになれなかった。国宝だ文化財だ、日本最古の五層六階の天守などと、人が騒げば騒ぐほど私はかえって見向きもしなかった。

ひどい雪の日、父とふたりで荷車を曳《ひ》いてこの城の前を通った少年の日のことを思い出す。横なぐりに吹きつける吹雪のなかにそびえ立つ古城はとくに美しかったが、そんなときも私はなるべく横を向いて通り過ぎたものである。どうしてか自分でもよくわからないが、おそらく囲炉裏ばたでいつも父から聞いたむかし話が、頭にこびりついて離れないからであろう。

それは加助《かすけ》（農民一揆《いっき》の主謀者）の怨念《おんねん》で松本城が傾いた話である。たしかに私の子どものころは松本城の天守はくの字に傾いていた。

「あれはなー」と父がワラ細工をしながら話してくれたものである。幾度も聞いたが、聞くたびにすこしずつ話は違っていた。

なんでもそのころ（貞享《じょうきょう》三年〔一六八六〕）年貢の一俵は「二斗五升納め」だったものを、「ことしからは三斗五升入り」（四割増税）の御布令に（お隣高島藩は二斗五升納め）、国じゅうの百姓はそれでは生きていけないといっせいに蜂起《ほうき》し、国じゅうから万余の百姓どもがムシロ旗を立てて押し寄せ、十重二十重にこの城をとり囲んだ。

そのとき城役人は「願いの筋は聞き届けた」と騙《だま》し、一揆を解散させ、その夜、中萱《なかがや》加助ら主謀者を捕え、城山で磔《はりつけ》にした。死の直前に騙されたことを知った加助らは、磔台の上から城をにらみつけ、

「さては奸吏《かんり》どもたばかりしか、ウーム」

と血ばしる憎悪の眼で松本城をにらみ、

「五斗摺《ずり》二斗五升〱」

と磔台上に絶叫しながら息絶えた。

この鬼気迫る加助らの最期に、松本城がめりめりと西南に傾いたというのはこ

のときのことである。

しかも加助の怒りはただそれだけではおさまらず、のちに松本城主水野忠恒《みずのただつね》を乱心させ、享保《きょうほう》十年（一七二五）七月二十一日、こともあろうに江戸城「殿中松の廊下」で突然刃傷に及び、長府城主毛利主水師就《もうりもんどもろなり》に斬《き》りつけ、このため御家断絶、城地召し上げとなって終わった。切腹をまぬがれたのは、同家が家康《いえやす》の生母伝通院《でんづういん》の生家だったことによるもの——。しかもあとでわかったことは、忠恒が何で斬りつけたかというと相手が、加助の亡霊に見えたというのである。

忠恒は『信府統記』の完成者であり、加助騒動には人一倍心を傷めていたものと思われる。

この城の傾きはその後修理しても直らず、しまいには松本名産の鍋《なべ》まで傾くようになってしまった。これもみんな加助様の祟《たた》りなんじゃと父は言った。

地元では子供でも知らんもののない話である。そういえば家にあった囲炉裏の大鍋《なべ》も、たしかにすこし傾いていた。「松本鍋じゃ仕方がない」と婆さも言った。

しかし、「なにも鍋にまで当たることもないのに」と私は言って、家じゅうで大笑いしたことをよく覚えている。

ラジオもテレビもなかった薄暗い農家の囲炉裏ばたであった。

そんなわけで百姓の小倅《こせがれ》が、この城を好きになれるわけはない。ところがわたしの場合は、じつはそれに加えてもっと我慢のならんことが別にあった。

この城の主は天正《てんしょう》年間から、石川・小笠原《おがさわら》・戸田松平《とだまつだいら》・松平（越前系）・堀田《ほった》・水野・戸田松平と、徳川の譜代の大名が七回も替わっているが、この城をつくったのは、実は石川伯耆守数正《ほうきのかみかずまさ》という戦国大名である。ただこの人は主君家康を裏切って、秀吉《ひでよし》方に寝返ったという、武士の風上にも置けない恥ずかしい過去の持ち主だといわれている。

「だから徳川様の天下になったら、城を取り上げられて、九州へ島流しにされそこで死んだ。人間、わるいことはできないものさ」というのが父の話の筋書きであった。私はこの「裏切り」というのが、そのころ生理的に我慢ならなかった。

しかし最近になってようやく、この数正の「背信」に疑問をもつようになった。

石川数正は当時、徳川家筆頭家老の重臣で、家康が八歳で今川義元《よしもと》の人質となり、駿府《すんぷ》城に送られるときには、十五歳（?）の数正が小姓頭《こしょうがしら》として従い、以来兄弟以上の仲で、家康が天下平定途上に行なった、三方原《みかたがはら》の戦い、長篠《ながしの》の戦い、姉川《あねがわ》の合戦、小牧《こまき》・長久手《ながくて》の戦いなど苦しいいくつかの戦いには、数正はいつも西三河《みかわ》軍の旗頭として先鋒《せんぽう》に立った歴戦の勇将であるばかりでなく、とくに知将として家中で群を抜き、若いころから家康の名代《みょうだい》をつとめ、徳川家の重要な使者はいつも数正の役目だった。その功により徳川家由緒の城・岡崎《おかざき》城代をまかされたという、徳川家中の超一級の人物だった。その数正が、こともあろうに主君家康を裏切って、秀吉方に寝返ったとあっては、世評になにをいわれても、言いわけのしようもないものだった。

松本の人びとが築城者石川数正を語りたがらないのもそのためで、なるべく触れないようにし、学童に教える郷土の歴史などでも築城者数正の印象を薄くしようとしてきた形跡（『信府統記』の影響?）がありありとみえる。しかし数正のやったことを調べていくうちに、どうも腑《ふ》におちない点が多く、これはなにかありそうだと気づいたのはずっとのちになってからである。

　この数正調査で困ったことは、出奔の事実（裏切り）を伝える史料は『当代記』『武家事紀』『家忠日記』『三河物語』などけっして少なくないが、肝心な動機については史料といえるほどのものはほとんどなく、無責任なうわさや憶測の域を一歩も出ないということである。これを確かめるには、どうしてももう一回、その周辺を洗い直してみるよりほかに道はなさそうである。というのは石川数正・康長《やすなが》父子は、どんな世評にもついにひと言も弁解せず、なにかいいたいこともあったろうに、沈黙を守りつづけてチリひとつ残さず、松本城の築城が終わるとともに、突然改易、九州配流のまま石川家は消滅したからである。

運命をわけた小牧・長久手の戦い

「数正《かずまさ》が秀吉《ひでよし》に内通している」といううわさがひろがったのは「小牧《こまき》・長久手《ながくて》の戦い」（天正十二年〔一五八四〕）のあとである。この戦いは賤《しず》ヶ岳《たけ》の戦いののち、信長《のぶなが》の後継者として着々と地歩をかためる秀吉と、信長の子としてわれこそ信長の後継者、と自負する織田信雄《おだのぶかつ》、それを表面上たすける家康《いえやす》連合軍が、小牧山に対決した大規模な戦いであった。ところがはじまってみたら、秀吉軍の一部迂回《うかい》部隊を、家康軍の本隊が背後から長久手に奇襲し、さんざんにたたいた局地戦が一回あっただけで、けっきょく本隊同士は顔を合わせることもなく、両軍対峙《たいじ》のままいつの間にか引き揚げてしまった。どっちが勝ったのか負けたのかさっぱりわからない、得体の知れない奇妙な戦いであった。

この長久手戦の勝利（？）をめぐって、家康陣容は対立した。このときの三河《みかわ》勢は時と所を得てたしかに強かった。そのことが「秀吉恐るるに足らず」の誤った自信となり、彼らはその勝利に酔い、長久手で秀吉のひるむ隙《すき》に、いっきょに秀吉の息の根をとめる決戦を望むものもあったが、家康は秀吉の本隊が駆けつけたときには、さっさと軍を小牧山に引き揚げてしまった。

「殿を気おくれさせたのは、数正の入れ知恵だ」

「数正めは秀吉に内通している」

「数正はいったいだれの家臣だ」

――徳川家臣団の不満が、数正の一身に集まったのはこのときである。

そのへんが三河勢らしいところで、よくいえば正直で義理がたい剛直な気風、わるくいえば田舎者の愚直ともとれる一面であった。

それがよき主を得て一本にまとまったら、どえらい力を発揮する「鉄壁の律気さ」となる。長久手の勝利はその頂点に立っていた。これが徳川家・三河勢の宝であった。

しかしこの小牧・長久手戦をめぐる客観情勢は、けっして彼らが考えるほど甘くはなかった。表面上のことだけをみても「家康・織田信雄連合軍一万六、七千」に対する秀吉方は、山崎の戦い、賤ヶ岳の戦いと破竹の進撃をつづける「秀吉軍十一万」(一説には十万)である。それに物事には、人がどうすることもできない時の勢いというものがある。大坂城はすでに完成し、世は秀吉の時代に入っていた。

数正は秀吉に幾度か使者に立ってそれがよくわかる。数正にしてみれば、この戦いほど両軍意味のないものはなかった。負けたらもちろん徳川の滅亡であり、かりに秀吉の首をとって勝ったらどうなる、天下はふたたび乱世に逆もどりして、家康は全国の諸侯を相手にしなくてはならず、明智光秀《あけちみつひで》の二の舞いは目に見えている。

智将数正の奔走によって、とにかく両軍の激突は避けられたが、そのあと引くに引けない膠着《こうちやく》状態が長くつづいた。

それを救ったのは「秀吉・信雄単独講和」だったといわれているが、考えてみればこれはおかしな話で、「義によって立った家康」をさしおいて、勝手に秀吉との闇《やみ》取り引きである。

ところが本願《ほんがん》寺右筆宇野主水《うのもんど》記『貝塚御座所日記』を見ると、この単独講和の内部工作をしたのは、じつは数正だったというからますますもって奇々怪々である。

そもそも家康にとってこの戦いは、「信長の遺児信雄をかついで立てば、いったん秀吉に尾を振った諸侯も、家康の配下に集まるもの」と期待して打った賭博《とばく》であるが、これが完全にはずれたいまとなってはこの戦いの意味はないばかりか、ぐずぐずしていたら徳川方は身の危険が迫っていた、数正が必死に動いたのもそのためで、この単独講和は両軍引き揚げの口実をつくった。しかもこの案の憎いところは、長久手で秀吉軍をこっぴどくたたいて、全三河軍の鉄壁の強さを、いやというほど思い知らせたところで、ストップをかけ講和にもち込んだ絶妙なコントロールである。

一万七千が十一万と対等に渡り合うには、それよりほかに方法はなかったであろう。それは自己の力を知るものにのみできる、まことに鮮やかな身のさばきであった。

しかしそれはおそろしい危険な賭《かけ》でもあった。

秀吉の誘いにのったふうに見せかけて、秀吉の腹の裏を早く読みとり、すみやかに味方の布陣を対応させていかなくてはならぬ。もし数正が秀吉の腹を読み違えるか、隙を見せたら、おそらく十一万の秀吉軍は怒濤《どとう》のように、小牧から三河に襲いかかっていたにちがいない。この賭を内通とみるものがあっても、しかたのないことだったであろう。

石川数正出奔の謎

こうして秀吉《ひでよし》軍も家康《いえやす》軍も大義名分がたち、小牧《こまき》山から両軍が兵を引き揚げたのは、天正《てんしよう》十二年（一五八四）の十一月であるが、やっかいなのはその戦後処理だった。秀吉が軍を引き揚げるかわりに、人質の要求と家康を大坂城に上坂させ、天下諸侯の前で秀吉が家康に臣下の礼をとらせる、それが条件だった。講和とは本来そういうもので、けっして一方的なものであるはずがない。これで秀吉の天下平定は九分どおり達成したことになる。

しかし徳川《とくがわ》家中の空気は「勝った戦いに人質なんて聞いたこともない」と、不満は頂点に達し、その風当りはすべて石川数正《いしかわかずまさ》へ向かった、数正内通説はこの辺から生まれた。

人質には家康の子放義丸《おぎまる》(のちの結城秀康《ゆうきひでやす》)、数正の子康長《やすなが》(のちの松本城主)、本多作左《ほんださくざ》の子仙千代《せんちよ》の三人が大坂城に送られた。

さらに家康上坂の手段として、秀吉の妹朝日《あさひ》姫(四十四歳)を嫁ぎ先から離縁させて、家康の正室という名の人質に送るが、それでもまだしたたかに上坂しない家康に、秀吉はさらに自分の生母大御所《おおまんどころ》まで人質同然に岡崎《おかざき》城に送って、やっと天正十四年十一月、家康を上坂させることに成功するが、その間じつに満二年。

数正の出奔もじつはこの間のできごとであった。考えてみると当時の秀吉は、

勢いに乗った天下人である。その彼が、

「妹ばかりか生母まで、よくもこの秀吉を天下の笑いものにしてくれた!!」

と怒りにふるえ、彼の口から「家康討伐」が一言出たら諸侯は功名を競って怒濤《どとう》のように、三河《みかわ》に攻め込んでいたにちがいない。これは家康にとっても体を張った、ぎりぎりのゴネ得作戦だったことはいうまでもないが、一歩誤れば徳川も越前の柴田《しばた》や小田原の北条《ほうじよう》と同じ運命にあったことは、だれの目にも明らかである。

それを二年も引きのばし作戦を可能にしたのは、だれか秀吉をくいとめていた人がなくてはできる芸当ではなかった。

またこの家康のゴネ得作戦は、つぎのような発想にもとづいていたのである。

ただ時期を待つだけでは、けっして家康の天下はこない。秀吉亡きあとはふたたび乱世に逆もどりだ。それをくいとめ、そのあと天下をそっくりいただくには、いま秀吉に尾を振っている猫《ねこ》ども（諸大名）に、

「家康だけはそこらの猫どもとは違う〝虎《とら》〟だと、心底に思い込ませておくことだ」

というのである。この徳川の遠大な作戦には、多くの犠牲がともなった。数正の「岡崎城出奔」もそのひとこまだったことは間違いあるまい。いま残る史料のなかに見る数正の出奔の動機は、次のようなものである。

『武家事紀』は高禄《ろく》召しかかえの秀吉の誘い、『聞見集』は約束を守らない家康を恨んで、『当代記』は秀吉・家康の板ばさみと人質のわが子を思い――などである。

いずれも徳川系の史料であるが、それにしても数正の出奔が、はたしてそのような次元の低いものだったのか？

これについて松本の史家中嶋次太郎は「このようなときに和議派は主戦派に勝てるものではなく、これはお家の一大事と、両者の融和を胸に秘めて出奔したもの」としている。つまり「お家の一大事、こうしてはいられない」という意味である。

それもそのはず、当時の秀吉をめぐる客観情勢は、小牧・長久手の戦後、紀州（和歌山県）の根来《ねごろ》・雑賀《さいが》の一向一揆《いっき》を掃討し、四国を平定、越中《えっちゅう》富山城主佐々成政《さっさなりまさ》を討つなど後顧の憂いをのぞき、官位は関白《かんぱく》にも叙されるという、順風満帆の秀吉に対して、家康は大軍をもって信州上田《うえだ》城を攻めながら真田《さなだ》勢の勇戦に敗れて引き揚げ、隣国小田原の北条氏とも油断ならず、これと前後して深志《ふかし》（松本）城主の小笠原貞慶《おがさわらさだよし》、三河（愛知県）刈谷《かりや》の城主水野忠重《みずのただしげ》（家康の生母の実家）も家康を裏切り秀吉方に走り、しかも家康は悪性の疔腫《ちょうしゅ》に悩まされている、内憂外患の時。

このうえは「秀吉の内懐にとび込んで合戦をくいとめるより道はない」とする見方である。

もうひとつの史料は角度をかえて、小牧・長久手の戦いのあった天正十二年八月二十六日、駿河《するが》国（静岡県）志太《しだ》郡の六つの郷に家康の出した『軍役賦課状』（中村孝也『徳川家康文書の研究』）である。それによると郷中談合のうえ十五歳から六十歳までひとり残らずかり出されて大旗一本・小旗・弓・鉄砲・槍《やり》をもって出陣しろという陣布令である。このとき六郷から千人も尾張《おわり》（愛知県）の小牧山に連れていかれたらしい。

また三河渥美《あつみ》郡の田原村ではちょうどそのとき、龍門《りゅうもん》寺という寺の本堂を改築中であったが、工事半ばで百姓も職人も全部小牧山に徴発されたため、工事中絶はもとより、田畑も荒廃してついに飢饉《ききん》となり、残された老幼はすべて自殺した（北島正元『徳川家康』）という。

小牧山に出陣した家康軍一万七千というものが、秀吉と対抗するためにいかに無理して、徹底的陣夫徴発をやっていたかがわかる。

また大道寺《だいどうじ》友山の『落穂集巻之五』によると、当時の戦争では千人の戦死が出ると、そのうち侍分のものはせいぜい百人から百五十人もあるかなしかで、残る八、九百人の死亡と申すおおかたは、知行地から徴発してきた雑兵たちだったと記している。その子細は侍分以上のものは相応具足もつけており、手傷も浅く敗軍ともなれば馬で逃げてしまい、討死するのは雑兵ばかりだったと書いている。

このため合戦のあるたびに農村は疲弊し、失人《うせびと》や反抗が絶えなかった。当時諸国におこった一向一揆もそのためであり、家康も三河一向一揆（一五六三〜六四）に手を焼いていた。

数正が小牧戦で両軍の激突を避けようとしたのは、この無理して知行地から徴発してきた百姓たちに死なれたら、戦に勝っても米をつくるものがいなくなってしまうからである。

こうして考えてくると、徳川陣容内の酒井忠次《さかいただつぐ》・本多忠勝《ほんだただかつ》ら強硬主戦論の成り立つ余地はどこにもない。家康はそれを承知のうえで、数正と忠次の二頭の駿馬《しゅんめ》を操りながらの、ゴネ得作戦だったことは容易に想像される。数正の出奔は、こういう状況下に考えないと判断を誤る。どんな気持ちで彼は岡崎城を立ち去っていったのであろうか？　しかし巷《ちまた》に聞く数正出奔の動機も、

「秀吉の徳川内部攪乱《かくらん》」

「高禄の誘いに乗った」か、それとも、

「家中孤立」

「身の危険」

「徳川前途に不安」

「家康の非情さ」、そして、

「人質のわが子を思い」等々も、これを否定する材料はない。

しかし、ただひとつだけはっきりしていることは、それまで一年余もなんら進展をみなかった「豊徳講和」（豊臣と徳川の講和）が、数正出奔後とんとん拍子にすすみ、二か月後には成立をみたばかりでなく、いったん徳川を離れた松本城主小笠原貞慶の子秀政《ひでまさ》（かつて岡崎城に人質、数正とは親密な間柄）と家康の孫娘との縁組。また前記上田城主真田昌幸《まさゆき》の子信幸《のぶゆき》と、家康の養女（本多忠勝の娘）との縁組を成立させたのも、数正だったのである。

旧主徳川家と信濃《しなの》の雄藩ふたつをそれぞれにかたく結んだ数正の意図が、那辺《なへん》にあったかを、ここにもみることができる。

正体を現わした加助様の怨霊

こうして秀吉の家臣となった石川数正《かずまさ》・康長《やすなが》父子が、松本八万石に移封されたのは、天正《てんしょう》十八年（一五九〇）七月のことで、出奔後四年の歳月が流れていた。ただちに大土木工事にとりかかり松本城とその城下町をつくった。その城がいま日本に残る数少ない城のうち、五層のものとしては最古のものである。北アルプス連山を背景に、長い風雪に耐えてきた古城の美しさは格別である。

ところが最近、この城をめぐって「妙なこと」がもちあがり話題をよんだ。それは地元松本史談会の人びとが一か月余にわたって、城山の勢高《せいたか》刑場で発掘した人骨十八体が、貞享義民《じょうきょうぎみん》中萱加助《なかがやかすけ》以下十八人の遺骨と確認したという発表で、騒ぎがおこったのはその直後だった。中萱加助とはいうまでもなく、この城をにらんで傾けさせたという怨霊の主である。

また同報告はその確認の理由として、

一、貞享三年十一月二十二日、城山勢高で磔《はりつけ》になった者は、楡《にれ》村善兵衛《ぜんべえ》・中萱村加助・大妻村作兵衛・氷室《ひむろ》村半之助計四名のほか同主謀者の男系一族すべて獄門。加助の子伝八・三蔵・加助弟彦之丞《ひこのじょう》。善兵衛の子志人・惣助・弟治兵衛。半之助の子彦松・権之助・忠助兄（不明）計十四人。合計十八名。発掘の十八体の人骨と合致する。

一、これらは二〜四体と合葬されており、ふつうの風習にはないものである。

一、いずれも頭蓋骨《ずがい》と胴が分離していたこと。

一、頭蓋骨の発見されていないものが四体あったが、これはひそかに遺族が持ち帰った伝承と合致する。

一、子どもの人骨が相当数あったこと。

一、また副葬品が皆無だったこと。

などをあげている。なおこの発掘地の勢高刑場（臨時刑場）跡百数十坪の土地は、むかしから足を踏み入れてはならない忌地《いみち》とされて、犯せば祟《たた》りがあり、昭和六年まで無税地になっていたというものである。

以上は昭和二十六年二月の同史談会報告である。

しかしこれだけだったら、戦後よく見かける発掘報告で別に珍しくないが、ちょうどそのころ松本城は、文部省直轄の大規模な解体工事が進行中で、すでに天守は完全に解体され広場に積み上げられ、国宝松本城は石垣だけという姿になっていた。

この工事はその道の権威、東京大学名誉教授・工学博士藤島亥治郎、大阪市立大学教授・経済学博士原田伴彦、文部技官沢野謙らをはじめとし、地元の文化財保護委員総動員による、城郭解体のテストケースであった。

ところが困ったことは、本工事の緊急課題でもある「倒壊寸前を思わす天守の傾斜・捻《よ》れ」の原因が、解体を終わってもまだつかめず、関係者を苦慮狼狽させていた時だったのである。

つまり「建造物自身にも石垣にも、構造上の欠陥はほとんど認められない」となると、さてはと頭をかかえたのも無理はなかった。

それもそのはず、天守が大音響とともに傾いたというのは、数正が築城して九十年目それが第一回であるが、その後享保《きようほう》・寛政《かんせい》・天保《てんぽう》・明治・昭和と数回にわたって、この天守の傾斜は修理されてきたのに、そのつどまた傾いてしまった前歴があり、このまま復元してもしふたたび傾くようなことがあったら、それこそ面目問題と、関係者が鳩首《きゆうしゆ》協議をくり返していた時も時、前記史談会の発表だったのである。

新聞はさっそく「加助の亡霊二百七十年目に現わる」と書きたて、これに油を注いだからたまらない。

その道の権威が集まって現代科学をもってしても、亡霊の正体がつかめないではそう言われてもしかたなかったであろう。

躍気になる関係者をよそに、地元の古老たちはそれみろと喜んだ。

「加助様はまだ生きてござる」

当時関係者（松本城管理事務所長）のひとりであった本郷巳津男の記録によると、「加助の亡霊にまどわされてたまるものか!!」とみんな意気込んで、石垣も全部解体し、土台をささえる基礎工事の徹底的追究をはじめ、やっとわかったことは、同城の解体報告によると、「建造物の重みは直接石垣でささえることなく、土台石の下に十六尺二寸（約五メートル）の土台支持柱十六本を、碁盤の目に配列し、その下にさらに栂《つが》材の捨て杭《ぐい》が地中深く打ち込み胴差《どうさし》で連繋《れんけい》していた」

「加助怨霊の謎」はじつはこの「栂材の捨て杭」にあった。つまりこの栂材の頭部と胴差が腐朽して、上部建造物の支持力を失い、軸部の傾斜を招いていたものであった。

また栂杭腐朽の原因は低湿地帯の築城ということが主因で地盤ボーリングの結果、腐朽センイ（葦根ツンドラ）の堆積《たいせき》が三十数センチという最悪条件下であった。それで今回の修理では旧栂材にかえ、コンクリートタイルを用い、これでやっと五年半の歳月を要した解体復元工事は、めでたく完成をみたものである。

私はこういう話を聞きながら、加助の怨霊もさることながら、解体者たちが問題にしてきたひとつひとつが、じつはことごとく「築城主の技術と心」であったことを思った。これについては当時文部技官だった沢野謙は「土台下支持柱や捨て杭の使用など合理的築城技術に感心した。栂材とコンクリートタイルという材質の違いをのぞけば、近代建築学の目からみても、すこしも遜色《そんしょく》ないいすすんだものので、ほかの築城には見られない新技術の導入」と述懐している。

これはおそらく数正の前任地「堺《さかい》」から持ち込んできた技術とみるべきであろ

う。なにしろ当時の堺というものは、対南蛮・明《みん》貿易（中国）の基地であり、新しい輸入文化の中心であった。それに彼はもっとも新しい手法の、大坂城築城も見ていたことも忘れてはならない。それに戦国武将の城には、長い戦塵《せんじん》のなかにひそかに心に描いてきた、夢や念願がこめられていたはずである。

築城関係の史料『唐沢《からさわ》文書』を見ると「天主真中ノ柱、山辺村斉木ト云フ処ノ山神ヨリ出ル、地祭ニハ内田村ノ唐沢豊前守《ぶぜんのかみ》執行ス」とあり、天守の「通し柱」が、山辺村（美ヶ原直下）から引き出されたこと、土台下の栂柱の記録はないが、おそらく北アルプス山中から切り出す、梓《あずさ》川流しのもの（松本藩御立て山）だったであろう。

また同文書によると、築城工事は松本移封直後からはじまったようであるが（朝鮮出陣で一時中断？）、その構想はたった八万石の小大名の城にしては、彦根三十五万石、井伊《いい》氏の居城よりはるかに規模も大きく、目を見はる雄大なものだった。しかも当時の信濃《しなの》は低い草葺《ぶ》きの小屋だけが並んだ侘《わ》びしい山里、旧深志《ふかし》城や、小笠原貞慶《おがさわらさだよし》の旧松本城も以前はここにあったが、それはおそらく池をめぐらせた板葺きの「館《やかた》」程度のものだったであろう。そこへ瓦《かわら》というものを使った五層六階の天守の大建築が忽然《こつぜん》と現われた、このときの松本付近のおどろきはどんなものだったか想像にかたくない。そしてそれは、数正が長い戦塵のなかに描いてきた夢だったに違いない。

興味のあるのはその天守の瓦のなかに、「参州碧海《へきかい》郡東端村瓦師五兵衛板」と記されたものが、解体中に発見され、これによって当時、松本付近にはいなかった瓦師が、数正の故郷三河《みかわ》方面からつれて来られていたことがはっきりしたことである。

そういえばもうひとつ、その解体瓦のなかに「是の字の紋様」の鐙《あぶみ》瓦が発見され、心ある人びとをびっくりさせたことである。いまこれは松本博物館に保管されているが、裏のはり紙には「天正年間・石川数正」と説明されている。「是」の文字は『岡崎市史』によると、家康《いえやす》の祖父が「是の字をにぎった初夢」を見、この字を分解すると「日下人（天下人）」となり、これはやがて徳川家が天下をとる吉兆とみて、以後、徳川家のひそかな宝物になっていたものである。

その徳川家の宝「是」が、徳川を裏切ったと世間からいわれている、石川数正の城に発見された。これはどう解釈すればいいのか？

もっともこの瓦は天守閣のものとしてはやや小ぶりで、若干の疑問も残されているが、おそらく城中二の丸にあった古山寺御殿（後述）のものとも考えられるが、いずれにしても数正時代のものとしたら、うがった見方をすれば、数正は徳川を出奔しながらもなお徳川家を思い、徳川家の天下をこの城中に祈っていたのではないか――と。それは、三河者の律気さというには、あまりにも深刻すぎる。

ああ、戦国痛恨の砦

松本城の二の曲輪《くるわ》に「古山寺」とよぶ小さな御殿があった。これは数正《かずまさ》のかつての居城岡崎《おかざき》城の「持念堂曲輪」と同質のもので、念持仏阿弥陀如来《あみだにょらい》と石川家の位牌《いはい》が安置され、数正の古山寺生活は、念仏三昧《ざんまい》の僧侶《そうりょ》のような生活だったといわれている。

というのは石川家は、本来蓮如《れんによ》上人三河《みかわ》布教（天福元年（一二三三））にさいして、仏法擁護の武将として、関東小山《おやま》城から招かれ三河に移った、信仰あつい一族（『藩《はん》翰譜《かんふ》』）だからである。そういえば松本城の辰巳櫓《たつみやぐら》にも一見寺院を思わせる花頭窓の一室があるが、おそらく数正はこの室に念持仏を安置し、波瀾《はらん》の生涯《しょうがい》に終止符を打とうとしたものであろうが、数正はここでは死ななかった。それにどうしたことか死亡日もお墓もわかっていない。

ただ『言継卿記《ときつぐきょうき》』の文禄《ぶんろく》元年（一五九二）十二月十四日の項に「石川伯耆守《ほうきのかみ》葬礼、七条河原（京都）にて有り、興門引導也。見物に罷《まかり》出——」と記録はこれだけである。

このころ数正は手兵五百を率いて、朝鮮の役（文禄の役）に出陣している。六十歳くらいだったと思われるが、ここで病を得て肥前名護屋《ひぜんなごや》から引き返したらしいが、その間の消息を伝える記録はない。

ところが城の解体修理も終わったころ、石川家に伝わる秘蔵の「念持仏」が見つかった。これは前記のとおり石川家に伝わるだいじな秘仏であるが見つかったのは松本城からではなく、遠い九州の未知の人からである。それにはつぎのような長い悲しい人間ドラマが秘められていた。

数正の死後、松本八万石を相続したのは、数正の長男玄蕃頭康長《げんばのかみやすなが》、弟康勝《やすかつ》・康次《やすつぐ》（現浅間温泉小口氏の祖）らであるが、その後関ヶ原戦には東軍に属し、徳川大名として所領を安堵《あんど》して十三年、突如、幕府の厳命により改易、城主康長は九州佐伯《さいき》藩二万石毛利伊勢守《もうりいせのかみ》預けとなった。慶長《けいちょう》十八年（一六一三）十月十九日のことである。

築城工事もようやく終わり、引きつづいて城下町の整備と、市内を流れる女鳥羽川・薄川の瀬筋をかえる難工事も完成という、息つく暇もない建設の明け暮れのときであったという。

『松本市史』によると、その日は「地蔵清水堀端に石垣を築き、片端町の外に塁濠を作らんとせしか――その跡を残せり捨堀といっていまなお――倏忽《しゅっこつ》として、改易の厳命に接して土工一時中止し、深志城頭悲風蕭々《しょうしょう》の感あり」と。

改易の罪状には隠田《かくしだ》と「逆臣大久保長安（金山奉行）との婚姻」などをあげている。また『信府統紀』では「光長（康長）当城ニアルコト二十一年間、城普請《ふしん》及ビ士《さむらい》屋舗《やしき》寺院町屋ニ至ル迄《まで》分量ニ過ギタル事共」といい、さらに領内の民家や寺院をこわし城普請の用にあてるなど良民を苦しめたと書いているが、しかしほかのことはいざしらず本来仏教擁護の武将で、とくに信仰あつい石川家のものが、かりにも寺院をこわし築城にあてるとは信じがたいことである。

またこの厳命を出した幕府の内幕を調べてみると、当時家康の側近にあって絶大な権力を振っていたのは、本多正信《ほんだまさのぶ》・正純《まさずみ》父子である。彼はつぎつぎと旧譜代層を追い落としてこの座についたが、旧家臣たちの不満は大きかった。そんな時も時、本多正信配下に「岡本大八事件」（元和三年（一六一七））がもちあがり、多くの犠牲者を出した。当然、本多は責任を問われるべきなのにそれもないうちに、突然金山《きんざん》奉行大久保長安《ながやす》の「徳川転覆陰謀事件」（元和四年）がおこり、一族七人死罪、五千貫以上の黄金を没収、その庇護《ひご》者大久保忠隣《ただちか》を改易、近江《おうみ》に配流という大事件がもちあがった。これで本多正信父子は「大坂夏の陣」の軍資金を入手するとともに、最大の政敵大久保忠隣に先手を打って、いっきょに葬ったものといわれている。

松本城主石川康長の改易もじつはその一環だった。というのは「反逆者(?)大久保長安の長男に数正の孫娘が嫁いでいた」という理由によるものである。

この一連の恐怖政治が徳川家臣団に与えた動揺は大きく、それを恐れた家康は「大久保父子との絶交」を諸侯に厳命するが、それでもまだ安心できず、最高重臣八人を集めて徳川家への忠誠を誓わせ、「血判の誓書」をとるという狂態まで現出した。これでは笑い者になった秀吉の老後とそっくりで、いかにも陰謀に明け暮れた人間の末路に、ふさわしい生きざまであった。

しかもこの事件はそれだけではすまず、家康死後こんどは逆に本多正純が、徳川譜代層の政治的陰謀(?)により「将軍秀忠《ひでただ》暗殺陰謀」(俗に「宇都宮吊天井事件」)という奇怪な事件を引きおこして失脚、改易となって、血を血で洗う権力闘争の幕をとじた。

このむきでは数正出奔陰謀説も唐突なものではないかもしれない。そういえばあの小牧《こまき》戦前後の酒井忠次《さかいただつぐ》・本多忠勝《ただかつ》の度をこした強硬な主戦論も、三河《みかわ》者の律気さを巧妙に操った悪質な数正追い出し策ともとれる。本多正信は知将として数正のライバルで、あと釜《がま》におさまった事実、また裏切り者という烙印《らくいん》にしても、乱世の常で当時の武将の多くがその経歴をもっているのに、数正の場合だけ追い打ちが執拗《しつよう》すぎるのもおかしい。やはり難くせとみるべきであろう。

いずれにしても、この降って湧《わ》いた石川家改易のしらせに松本城内は大混乱におちいった。

城主康長は九州佐伯藩に護送され、家中ことごとく浪々。家老渡辺舎内は他藩からの召しかかえもことわり、家中整理が終わると東町の自宅で切腹した。

鬱憤《うっぷん》やるかたない数正の次男の肥後守康勝は、間もなくはじまる「大坂夏の陣」にはふたたび反徳川方となって出陣、討死して果てた。

いっぽう念持仏を持って九州に渡った康長は、この阿弥陀如来に朝夕念仏をとなえる日々を送り、九州佐伯に寂しく生涯をとじた（寛永十九年〔一六四二〕）。

その後くだんの「念持仏」は、身の回りを世話してくれた毛利家の用人伊沢六《いざわろく》右衛門《えもん》方に伝わり、のちにこれが縁者古川友三郎の手に渡り、松本城復元工事完成を機に、松本市に寄贈されたものだという。

世に忠臣ということばがある。

いつも生死の極限に生きる乱世の武将たちは、その死にぎわをだいじにした。主君の御馬前での壮烈な戦死はまさに戦場の華であった。また敗戦の将もみずからの死にぎわを演出したものである。

その心はいつも「家門の誉れ」であり、「末代までの名誉」であった。したがって彼らは「名を惜しみ」「人は一代、名は末代」と「後世への語り草」になることを願った。それは彼らにとって唯一の心のよりどころであるとともに、あとに残る一家一門の経済的保証にも、つながっていた。

しかるに同じ戦国武将でも、数正のような裏切り者の汚名を着て、――いや数正の場合は逆に裏切り者をいかに演出するかにかかっていた。もしそれが成功しなかったら、「家康の回し者」と警戒され、けっして数正の目的を達することはできなかったであろう。だから当時京の町に張られた「徳川のつかい古しの箒(伯耆守数正)きょう(京)は都のちりをはく(?)」という数正嘲笑《ちょうしょう》の落首なども、じつは数正自身がばらまいたものとの説はここから出ている。

このような末代までの不名誉を背負っての御奉公というものがあったとしたら、これはなににたとえたらいいのか——

そんなとき、わたしはいつも、松本城の「土台下に地中深く打ち込まれていた栂《つが》材の捨て杭《ぐい》」を思いだす。それはあたかも徳川幕府という巨大な建築物の屋台骨をささえる、幾多の捨て材の人柱たちである。

これも人間社会にはなくてはならぬもので、だれかがどうしても背負わねばならぬものだったであろう。

——ああこの戦国痛恨の砦——

一天雲もなく晴れわたった早春の空に、厳然とそびえ立つ松本城をながめながら、私はそんなことをひとり呟《つぶや》いていた。

一乗谷城

水上　勉

みずかみ・つとむ

1919年～2004年。61年、「雁の寺」で直木賞受賞。他に「飢餓海峡」「筑前竹人形」「五番町夕霧楼」など。

戦国武将研究に欠かせぬ資料の宝庫

ここは国が特別史跡とした城址《じょうし》で、石積みや、館《やかた》の土台石、庭園の置石、池、それに発掘された城館住居者の日常品など、室町《むろまち》期の地方武将の生活内容を克明に物語る資料として学者・研究家はもちろん、国民の注目をあつめているところである。よその城と違い、石垣や天守はおろか、館ひとつ残さないのに、これほど関心をもたせた城はめずらしいといえるが、理由は、あとで述べるけれども、ここに住んだ朝倉《あさくら》家の領主が代々京都文化をもち込み、足利義昭《あしかがよしあき》が動座して、一時住んだ安養《あんよう》寺跡をかかえていることなど、さらに、最後の領主義景《よしかげ》が自刃して、のちその部下がしばらくのっとって住んだものの、平泉《へいせん》寺僧徒らによって焼き討ちにあった。つまり、地上の建物のすべてはこのときに全焼したので、時たつうちに土に埋まった。それがごく最近、一農夫の耕地整理の作業中に一部が発見されたことから保存発掘運動がおきて今日の姿となったのである。このことは、埋蔵物のすべてに、戦国以後の、たとえば江戸期のものの混じることのありえないことが物語られており、出土品はどんな破片も、学問的に意味があるといわれるようになった。戦国武将研究には欠かせぬ材料の宝庫である。

朝倉家がこの一乗谷《いちじようだに》に居を構えたのは敏景《としかげ》の時代である。朝倉家は代々、いまの福井市郊外の黒丸城《くろまる》にいたのだが、敏景の代になって、隣国をにらみすえつつ、越前制覇《えちぜんせいは》の安定をはかるためには、当時は山奥でもあったこの一乗谷に移ったほうが便利だと考えられた理由による。いまながめても、たしかに地形上の利をもつ谷である。下城戸・上城戸の間に、ちょうど蛇《へび》が卵でも呑《の》んだように、細い谷を流れる一乗谷川が、山あいに格好のふくれた盆地をもっていて、その入口となる下城戸はきわめてせまく、また上城戸も山が迫って用心よく、背山は高く眺望《ちょうぼう》もきく。身を守るにはまことに自然の要塞《ようさい》というべき地に思えたろう。

敏景はここで、有名な十七か条の家訓をつくって、内外政治をつかさどる。そのなかに「当家塁館ノ外、必国中ニ城郭ヲ構サセラル間敷候、惣《そう》シテ大身ノ輩《やから》ヲハ悉《ことごと》ク一乗ノ谷へ引越シメテ其郷其村ニハ只《ただ》代官下司ノミ可据居置事」という箇条がある。重臣はもちろん、家臣はすべて一乗谷に集めて、国内には代官を派遣して統治をやった新しい構想である。これは敏景の父や祖父たちが、ながい間苦しんだ越前治国のありようを見ての、敏景の英断だったろう。

朝倉家が越前守護《しゅご》に任ぜられたのは、文明《ぶんめい》三年（一四七一）、前の守護斯波《しば》氏からこの国を奪いとってからである。もとは但馬《たじま》（兵庫県）の出身だった朝倉は、南北朝の乱の折は斯波氏に従って北朝方にあり、新田義貞《にったよしさだ》が藤島《ふじしま》に果てるときの勲功で新領をもらったものの、斯波氏につかえる身だった。その広景《ひろかげ》の時代から、七代目敏景のときに応仁《おうにん》の乱がおき、この混乱期に敏景は、主家斯波氏を追放して、越前支配者となった。一乗谷移住はつまりこのころである。

敏景のことを、孝景《たかかげ》ともいう。系図や史書の多くは孝景といっているが、それから四代目にまた同名孝景が出現するために、一乗谷初代の孝景のことを敏景といったものか。『朝倉始末記』などでは、すべて孝景となっているから、敏景というのは、敏景自身が名のっていたものかと推察される。十七か条も「敏景」になっている。

一乗谷に住んだ敏景は、京都の動乱を遠望しながら、国内に残る斯波の残党や隣国との小競り合いに目を光らせて、城館を一歩も出ず治政にあたったと思われるが、子の氏景《うじかげ》の代になって甲斐《かい》氏との抗争がある。さらに三代貞景《さだかげ》にいたって、文亀《ぶんき》三年（一五〇三）、敦賀《つるが》の同族景豊《かげとよ》の反乱、永正《えいしょう》三年（一五〇六）に加賀《かが》一揆《いっき》の侵入にあうが、有名な金吾宗滴教景《きんごそうてきのりかげ》のはたらきで、危機をのりきって越前支配を確立する。四代孝景にいたって、朝倉氏は全盛を迎え、幕府からも重視されるいっぽうで、三条《さんじょう》・清原《きよはら》などの公家《くげ》と交流していわゆる一乗谷文化なるものの基礎を築くのである。天文《てんぶん》五年（一五三六）に、谷野一柏を招いて『八十一難経』（医書）を出版したことなどをみても、政治の安定した事情を物語っている。天文十七年になって、義景があとを継いだが、義景は運わるく最後の守護大名の籤《くじ》をひく運命となる。

不運を背負った義景

義景《よしかげ》の不運は、加賀一揆《かがいっき》との抗争の明け暮れが物語っている。加賀を制覇《せいは》した本願《ほんがん》寺衆徒の王国は、越前《えちぜん》への支配の手をのばしていて、国内にも信徒はふえていた。長年の戦乱でいためつけられてきた農民・町民にとっては、いくら一乗《いちじょう》谷《だに》にあって善政をしこうとしても、武器を持っての威圧を背景にせざるをえない守護《しゅご》大名への、遠い反感のようなものもあってふしぎはない。いつの世も、若者を兵力に狩り出され、年寄りが兵糧《ひょうろう》をつくって、領主にとりあげられる憂きめをみたのは歴史の示すところである。

本願寺僧徒は、地平を這《は》う飢餓《きが》の民衆へたくみに手をのばし、南無阿弥陀仏《なむあみだぶつ》のむしろ旗を持たせ、鍬《くわ》や竹槍《やり》も持たせて宗教王国への帰依《きえ》を伝播《でんぱ》していく。文明《ぶんめい》十七年（一四八五）から永禄《えいろく》十年（一五六七）ごろまで、加賀との渓谷《けいこく》近くで流された血は、九頭龍《くずりゅう》の川を朱に染めている。相手は信仰心からきているから、しぶとい底力である。義景は何度か一乗谷を出て、先頭にたって、一揆軍と戦う。殺しても殺しても、生き返ってくる。この血なまぐさい抗争史は『朝倉《あさくら》始末記』にくわしくしるされている。

義景はまた北辺の一揆にてこずりながら、南では若狭《わかさ》（福井県）の武田氏と戦い、元亀《げんき》元年（一五七〇）にほぼ制圧して、武田元明《もとあき》夫妻を一乗谷に捕えてきて幽居させた。元明は、足利義輝《あしかがよしてる》の妹の子であったし、妻は朝倉には盟友小谷《おだに》城から京極《きょうごく》へ嫁した女の娘で、京極高次《たかつぐ》の妹にあたる。毛並みのよい若狭城主を殺さずに幽居させる義景のこの行為は、やはり幕府を気にしている証《あかし》である。

永禄六年に足利義昭《よしあき》が、近江《おうみ》矢島野の館《やかた》を六角《ろっかく》に追われて若狭へ逃げ、敦賀《つるが》から金《かね》ヶ崎《さき》に来て動座を迫った。しかたなく、義景は、谷に御所を建てて義昭を迎えるのである。足利最後の将軍は、流れ公方《くぼう》の名にふさわしい無力な男だったが、幕府復興への熱意だけはあり、京都をのっとった三好《みよし》・松永《まつなが》が推す阿波《あわ》公方、足利義栄《よしひで》の十四代将軍着位をくつがえそうと勢力のまき返しをはかってきたのである。自分を錦《にしき》の御旗《みはた》にして、いまこそ京都へ攻め入り、三好・松永を滅ぼせば、天下の掌握は朝倉氏にある。義昭が口説いたことは義景の京都出兵だった。これには、美濃《みの》（岐阜県）を追われて客人でいた明智光秀《あけちみつひで》の画策もあったと伝えられる。

義景は一揆に兵を出して戦わさせてもいたから、とても京都へ大軍をさし向けるわけにゆかなかった。そこで、義昭の申し出はことわり、滞在中のもてなしだけは豪勢にした。安養寺《あんようじ》御所と館を往還して日夜酒宴をやった。南陽寺《なんようじ》の糸桜見物、曲水の宴。父の代から集めた京の調度や技芸を見せ、無聊《ぶりよう》をなぐさめたのである。歌会・茶会・舞踏会・馬競《くら》べ・武力競べ。義昭は一日とて退屈していない。

義昭に随行してきていたのは、もう一度の足利復興の夢に全身をかける一色義範《いっしきよしのり》・細川藤孝《ほそかわふじたか》。それにおおぜいの公家《くげ》たちである。女御《にようご》も数人いた。『始末記』にそのあたりのことはくわしく見えるから、一行は大名旅行だったとみてよい。

義景のこの態度は、朝倉家のおかれた代々の苦悩と立場を表現している。いいかえれば、これは越前守護という立場にあったどの武将たちにも通じることだった。力が弱くなっていても、将軍は将軍だった。無視できなかった。というのは氏景《うじかげ》の時代から、とりわけて室町《むろまち》幕府とはかかわりは深く、義景も父とともに花の御所に伺候、義輝に対面している。幕府への忠誠は越前守護としての当然のことだった。

義景とて義輝を騙《だま》し討ちにして、将軍位をのっとろうとする三好・松永が憎からぬはずはなかった。阿波公方をかってにまつりあげて、十四代将軍として、京の御所をほしいままにしようとする三好の策謀を破ることは、足利に忠誠を誓ったどの地方の武将としても、いちおうの大義名分である。義昭や光秀の進言は、いまの朝倉の勢いをもってすれば、京都へ進入しても十分敵を追い散らす力はあり、もしそうしてくれれば義昭にも幕府軍としてついてくる兵はふえようし、まかりまちがえば、朝倉は幕府復興の暁は、管領《かんれい》の座につけるだろう。一色・細川の甘いことばは、十分義景を動揺させたろうが、それでも、義景は出兵を拒絶している。北辺の一揆討伐が当面の問題だ。朝倉は百年間、一揆との戦いに血をすすりとられてきた。いまは平静になっているが、かりに京へ向けて大軍を出せば、加賀一揆は即座に侵入してくる。そうなると越前は完全に一揆に制覇されよう。

今日までの戦いは水泡《すいほう》ではないか。

義景の苦衷は明智光秀にはわかったとみえて、公方の越前蜂起《ほうき》をあきらめた光秀は、特使のようなかたちで、尾張《おわり》（愛知県）の織田信長《おだのぶなが》に動座を打診する。信長は京都入りをねらっているのだから、義昭を奉ずれば名分もたつ。立政寺へ迎え、いよいよ六角討伐、それから矢のようにひた走って京都へ入ったことは、史書の語るとおりである。

義昭の越前滞在はほんのわずかであるが、義景に見切りをつけたことにはまちがいはないのだから、やがて信長が京都を制覇して、義昭の御所を建立し、十五代将軍誕生の晴れの舞台に、越前守護の名は消えている。つまり、大事をとった義景は、ここで中央集権から無視された、というよりは、信長の反感を買うのである。義景は、すぐ京都へ来いという信長の命に服さず、拒絶する。これでは、自分で大きな敵をつくったようなものである。

せっかく一乗谷に、公方の館を建てて迎えて、さんざんのもてなしをしておきながら、不運を背負った義景のこの義昭対策の失敗は、大きく彼の生涯《しょうがい》を左右するかたちになる。

血で辞世の句を残した悲愴な死

ここで、義景《よしかげ》が義昭《よしあき》を奉じて、京都へ馳《は》せ参じていたら、歴史はどう変わったろう、という史家はいる。信長《のぶなが》に先んじて三好《みよし》・松永《まつなが》を討ったとしても、はたして、信長のような全国制圧の才覚と力が義景にあったかどうか。

もともと、義景という人は、強直な性格ではなくて、神経質で、柔和な性格ではなかったかと、わたしは推量している。心月寺にある義景の画像をみても、その感じをふかくする。もっとも、額のはげあがった、とがった顔つきは、信長にも似ているところがあって、精悍《せいかん》な感じはするのだが、義景のほうには、神経質な感じがさらにふかい。それと、義景には、家庭的というと妙ないいまわしだが、女性運のわるい暗い影がつきまとっていた。

最初は京都の公家《くげ》出身の娘を迎えている。その妻を離別すると、鞍谷《くらたに》御所から娘をめとったが、つづいて、谷の内にいた家臣斎藤兵部少輔の娘で小少将という才気煥発《かんぱつ》の娘をめとった。この女は、さかしい性格だったらしく、いちいち、谷の内にいる重臣たちの女房から聞く情報を義景に伝え、自分も何かと政治面にしゃしゃり出て、大奥では、はれものにさわるような扱いだったらしい。もっとも守護であるから、小少将ひとりが女ではない。そこらじゅうから、美貌《びぼう》な女をみると手あたりしだいに夜伽《よとぎ》させたことが『始末記』に出ているが、嫡子阿君丸が毒殺される不運に見舞われると、犯人追求に躍起となった義景は、疑惑をもたせる女性をつぎつきと釜風呂《かまぶろ》に入れて自白を強要、最後は殺している。女たちの間に犯人がいるとの疑いは濃くなっていたので朝倉館《あさくらやかた》は疑心暗鬼の義景の、折檻《せっかん》する女性問題で泥沼《どろぬま》のようによどみ、血なまぐさかったと思われる。

阿君丸の死は、ちょうど、義昭が安養寺《あんよう》御所にいるときだったというから、内ではそういう悲劇に悩みながらの、接待だったのだろう。義景は神経質以上の、いらだった日常のなかで、一色《いっしき》や細川《ほそかわ》と対峙《たいじ》していた形跡が濃くて、京都入りを拒絶して、谷に残ろうとの判断にしても、多分に、家庭事情の複雑さも左右したとみてよいのである。小少将は、ついで子を生んだ。義景は、跡継ぎをこの子に託して、多少は明るくなったろうが、元亀《げんき》元年（一五七〇）にいたっていよいよ信長の軍を迎えて戦わねばならなくなった。

京都を制圧した信長の、戦国大名を個別撃破していく破竹の進軍は、史書のもっともおもしろいところだが、姉川《あねがわ》の戦い、小谷《おだに》の戦いが朝倉の命運を決している。さらに、小谷城の浅井《あざい》は盟友だったと書いておいたが、これは代々の朝倉がとった政略で、義景もまた、浅井長政《ながまさ》父子と親交している。義昭が尾張《おわり》へ動座するときも、国境まで送りに出て、浅井にバトンタッチした。義昭はすぐ尾張へ向かったのではなく、浅井の館にも泊まっていったのである。このあたり、朝倉と行をともにする浅井のやり方を示しているが、この盟約のなかには、まさか信長は、妹お市《いち》の住んでいる小谷だけは攻めないだろうという打算もあったのだろう。浅井もまた、多少の楽観はあってしかるべきだ。

史書の示すとおり、信長には、そういう血縁筋を殺す冷酷なところがあった。姉川で苦戦となった浅井軍を盟約を守ってたすけた朝倉軍を、信長が放置するはずはなかった。

いよいよ一乗谷《いちじようだに》攻めにかかる。

木下藤吉郎《きのしたとうきちろう》・明智光秀《あけちみつひで》・柴田勝家《しばたかついえ》が隊長となってそれぞれの軍勢は、一気に府中（武生《たけふ》）をおとしいれて、一乗谷へ迫る。このとき、朝倉館では、これまで何かと病気を理由に顔も出さなかった大野《おおの》城主の朝倉景鏡《かげあきら》の進言を入れて、一乗谷では危険なので、大野の賢松《けんしよう》寺へ入ってはどうかとの協議が行なわれた。義景は、敵の大軍を谷に迎えては、守りきれないとも考えたので、景鏡の意見を入れて夜なかに大野へ向かうのだが、じつは、これは信長に内通していた景鏡の策略で、まんまと山ふところの窮地へ連れ込まれて、自刃を迫られる。

このとき、平泉《へいせん》寺宗徒が、義景を迎えて、ともに戦おうといっていたのが景鏡に味方して寝返っている。賢松寺で自刃した義景は、わきに小少将や子愛王丸をおいて、悲愴きわまりない別れをやっている。小少将の母と子はやがて捕まって、今庄《いまじょう》の里で焼き殺され、小少将は、藤吉郎の女になったという説もあり、尼となったという説もある。義景のあえない最期は、戦国史にも、暗い沼での死だけに残酷である。

七転八倒
四十年中
無他無目
四大本空

これが、はらわたをつかんで、血で書いた辞世の句だという。

一乗谷城はこのときどうなっていたか。史書は、平泉寺一族の焼き討ちにあったと記している。すなわち、義景が進出したあとの館はそのまま残ったわけでなく、どさくさに焼かれたのである。景鏡は大野城にあって、藤吉郎を迎え、裏切りの功績によって信長のうけもよく、やがて土橋と名をかえて、大野一円の領主となった。

信長は、義景の死で、越前から兵をひいたが、小谷城主に羽柴《はしば》藤吉郎、一乗谷の守護代には前波九郎兵衛をおいた。前波は、もと義景の部下だったが、小谷戦のときに裏切って、早くに信長軍に投降、藤吉郎や、光秀の案内役を買って一乗谷へ進軍してきた男である。その功労によって、前波は、朝倉館に陣どることになった。さらに北の庄城は三人衆として、明智《あけち》光秀・木下祐光《きのしたすけみつ》・浅田元嘉《あさだもとよし》がおさめ、大野は前記した景鏡が配置されている。信長は、つまり、一乗谷と、その近くの大野には、朝倉の逆臣ふたりを置き、平野部の北の庄、府中に目付役を置いたとみてよい。

前波は、焼けた館を改修して住んだ。やがて、彼は桂田長俊《かつらだながとし》と名を改める。逆臣が、前の領主の館を守って暮らすのだから、臣下時代の名前では、統率もきかなかったか。桂田の住んだ館は、一乗谷でも諏訪《すわ》館跡だったといわれている。ここはかつて全盛時の義景が、小少将を住まわせた所で、本館よりはやや高みにある。別邸といっていい。そこを突貫工事で改築したらしい。

同じ逆臣でも破格の出世者となった桂田は、大野の景鏡や、他の逆臣連の反感を買った。というのは、義景の首をとったのは景鏡の手柄だった。桂田は先に、寝返って、信長軍の先頭にいただけのことである。義景の首をとって、さしたる激戦もなく、一乗谷をまんまと信長に明けわたした功績は、景鏡であろう。そこで、旧朝倉の臣たちの生き残りのなかで、桂田のやり方が横暴であったところから、信長に讒言《ざんげん》して一乗谷城主の地位から落としてしまおうとの画策がはじまった。下剋上《げこくじょう》の世のあさましさである。府中にいた富田弥六がその先頭となった。桂田は富田がねらっているのも知らず、一乗谷城を復元すると、日夜の酒宴である。といって、信長の意向は十分守り、長島《ながしま》攻めのさいはだれよりも早くに兵を出して、賞《ほ》められた。ところがこの長島攻めから帰った桂田は、目をわずらい、盲目になった。カタバミの葉を煎《せん》じて洗眼していたが、やがて全盲となった。そのスキをねらって、富田弥六は一乗谷を攻めたのである。

この急襲で、盲目の桂田はよく戦ったが、いかんせん、富田のほうは、大野・吉田《よしだ》の農民や旧臣も参加していたし、だれもが、館復興のときに、桂田から使役につかわれた恨みもあって、集まる兵はなく、桂田は苦戦となった。「柳の馬場」というところで、桂田は富田に盲目の首をはねられている。

ウエモ無クソボリ〳〵テ半天ノミツレバカル月ノカツラダカツラダノミノリモアエズルイ地マデ稲妻《いなづま》ノマニ皆ホクビキリとは『始末記』の落首だが、このとき富田の焼き討ちで、ほとんど、一乗谷の館は絶滅している。富田弥六は、武生に帰ったからである。血なまぐさい一乗谷は、前波九郎兵衛の悲運の首が斬《き》られたまま、無人の谷と化した。

大小の古石に心打たれる名城

以上が一乗谷城《いちじようだに》にまつわる、朝倉《あさくら》の戦国史のあらましだが、こんなにまで、複雑に朝倉残党が血で血をあらった越前《えちぜん》を、はじめて平定しえたのは柴田勝家《しばたかついえ》だった。彼は北《きた》の庄《しよう》に住んで、一乗谷城はふり返りもしていない。なぜだったか。縁起のわるい谷でもあった。いくら朝倉代々の領主が百年も安定政権を保った谷といっても、そこは遠すぎた。つまり地の利は、はや、北の庄や府中の街道に面した、沃土《よくど》をかかえた城にあった。というのも、鉄砲の発明による戦闘の変化もあったろう。それと、農民の扱い方にもあったろう。安定は信長《のぶなが》の手こずった本願寺《ほんがんじ》との和睦《わぼく》もあってのことだが、それにしても、越前史は柴田の時代から、北の庄に移り、勝家がまた藤吉郎《とうきちろう》に滅ぼされ、やがて江戸期に入ると福井城の建設となって、越前領主は代々平野に住み一乗谷城はますます草ぼうぼうの谷となったわけだ。

前波の首が柳の馬場で斬《き》られて、富田勢が引き揚げていったあとの一乗谷城は、どんな残骸《ざんがい》をとどめていたのだろうか。朝倉百年の安定期においては、本館の前を流れる一乗谷川を中心に、町屋が形成されて、向かいの山すそには、重臣たちの邸宅が並び、盛源寺やその他の寺院・神社が甍《いらか》を杉間に浮かべ、ほとんど小京都のミニチュア町としておだやかなたたずまいだった形跡がうかがえる。町には仏師もいたろう。鍛冶《かじ》師もいたろう。刀工もいたろう。都をまねて、文化人も泊まってゆく宿もあったろう。義景《よしかげ》のそういう文化好きな一面による町づくりの抱負は、想像の羽をひろげるのだが、いま現存している城跡の発掘跡は、そのような空想の、豊富な材料なのである。

義景時代の居館跡を物語る礎石は、まことに想像を裏切る小規模だった館のありようを美しくうかがわせる。「朝倉氏遺跡調査研究所」が発掘を記録した報告書は、居館・土塁跡はもちろん、各武将の邸宅に及び、さらに、土中に埋没していた越前焼の破片や、金属製品・釉壺《ゆうつぼ》・染付物・白磁などの中国製品もここに使われていたことを物語っている。ぼくも一日、こうした出土品の展示にも眼をとられたが、何より、居館跡の礎石の整然とした姿に心を奪われたのと、それに、本館上の諏訪館《すわやかた》の庭園を見て、義景と小少将の生活を思って時間を忘れた。小少将は三人目の妻といえる。最初は京からもらった娘、つぎは鞍谷《くらたに》から。どれもいい女ではなかったとみえて、最後にえらんだ家臣の娘は、高慢ちきで、出しゃばりだったにしても魅力があったらしい。

阿君丸の毒殺死以来、どの女も信じられなくなっていた義景が、小少将にひかれて諏訪館を建てるまでに、前妻のいた館の土を三尺（約一メートル）ばかり掘って捨てさせたという記録が『始末記』にある。古女房のいたところではつぎの女性は住めないというので、その館の縁の下の土をとりかえたというのだが、こんなにしてまで、女の住居に苦心しているのも、じつは土地がせまかったためではないかと思われる。

本館居館の跡をみていると、敷地はさて東京の田中角栄《たなかかくえい》邸にも及ばぬ。世田谷区あたりにも時々は富豪政治家の邸宅にありそうなぐらいの坪数だし、庭の広さもそうたいしたことはないのだった。われわれは、戦国百年の越前安定を確立した領主が、案外に小さな屋敷に住んで、義景の代になって、女狂いがはじまり、女館を建てるべくそのせまい土地のぐるりを、あくせく苦労しているありようを見せられる。

諏訪館跡にたたずんで、その礎石の大きさや、池のたたずまいに、昔日を想起していると、以上のようなことがまず思い浮かぶのである。諏訪館と本館は、義景も下駄《げた》ばきで、提灯《ちょうちん》もって通えた距離ではないか。

『「憂患ヲ忘ル、媒ハ、婦人ニスギタル事ハナシ、又御家督《かとく》ナクシテハ叶ヒ難シ」トテ方々容色アル婦人ヲ尋ネケル程ニ「是《これ》ハ誰ノ妹ト」「是ハ某殿ノ息女ナリ」ト云テ「秀公ノタメ宮使ノ及」トテ来ル娶ル事、只《ただ》三千ノ宮女ノゴトシ。其中ニ斎藤兵部少輔息女小少将殿ト申ニ被寄意、則《すなわち》諏方ノ谷ニ新屋形ヲ立置給フ、此女房、紅顔翠黛《すいたい》ノ人ノ眼ヲ迷スノミニ非ズ。好言令色心ヲ悦《よろこ》バシメシカバ、義景寵愛《ちょうあい》甚シテ、別レシ人ノ面影ハ夢ニモ見エズナリニケリ』とは『始末記』の文章である。義景の女性行脚《あんぎゃ》のいかに狂っていたかが証される。三千の宮女とはいいすぎにしても、谷じゅうの重臣の娘たちは、年ごろになると、みな義景館にきて、お手をつけられたかと想像すると、そのなかでえらばれた小少将の鼻の高さも、政治にしゃしゃり出て口を入れるあたりもほほえましい。

さらに、南陽《なんよう》寺跡の庭園にたたずむのもいい。ここは糸桜の大木こそ残っていないが、流れ公方義昭《くぼうよしあき》を招いて義景が歌会をやった。花見は、『始末記』にも記録があって、彼はここで、一首をものしている。

君が代の時にあひあふ糸ざくら

いともかしこきけふのことの葉

義昭もこのとき一首を詠んだ。

もろ共に日も忘るな糸ざくら

年の緒ながき契と思わば

どういう心境だったか。義景にすれば、義昭はやがて、京へ入って花の御所を再建する人物とみえたか。義昭はまた、一時の動座を、糸ざくらの糸のながきに託して、義景との盟約をだいじにしようといったものか。そこらあたりの事情はわからぬが、諏訪館よりは小規模ながら、やはり、庭石も大きくて、当時の植込みや、池のありようを彷彿《ほうふつ》させる寂々たるけしきは、往時の花やいだ宴を語ってつきない。

さらに、ぼくは、ある農夫が、田を耕していて出てきたものの破片だといってみせてくれた塗り下駄のおもしろい歯のかたちが忘れられなかった。というのは、その下駄は高貴の人のはいたものにちがいないのだが、黒漆《うるし》ぬりで、歯は裏の緒にさし込まれてあるのではなく、甲の裏にいくつもあけた穴に、同じ数の歯がつくられて、さし込まれてあった。つまり、われわれが知る下駄の歯と違って、かたちは同じようでも、さし込みに念が入って、十数個の穴があいて櫛《くし》をさし込んだようになっていたことである。そうして、それは、まぎれもなく女下駄だったことである。とすると、これは小少将のはいたものか。あるいは、宮女三千人のうちのだれかのものか。あるいは、室町《むろまち》御所から、義昭が連れてきた女房たちのひとりがはいていたものか。漆の色のまた、ところどころに残って、しっかりと歯がさし込まれているのに目をみはった。

さらに出土品のなかに南無阿弥陀仏《なむあみだぶつ》と書かれた卒塔婆《そとば》がある。石仏もある。これらは、谷の近くにあったもので、数多いのは何を物語るのだろうか。かってな空想だが、長い歳月、一揆《いっき》と戦い、あるいは隣国と争い、人を殺してばかりいた領主は、この谷には重臣をおいて、平穏を礎いていたのである。つまり、外で血を流しては、谷へ帰って休息していたのである。とすると、人を殺してきた日々のことが、眠れぬ夜々の眼に浮かんで、武将たちは、怨霊《おんりよう》にうなされてばかりいたのではあるまいか。そうでないと小さい谷にしては多すぎる地蔵の数も、そこらじゅうから発掘される石仏の数も、卒塔婆の字も納得ゆかない。つまり、彼らは、谷にいては法事ばかりやっていたのである。領主に宗教活動があったとしたら、己れの罪業からうんだ必死の穢土《えど》逃亡悲願であり、浄土祈願だったか。とりわけて盛源寺石仏のむれを見たとき、ぼくはそう思った。

いずれにしても、復元されつつあるこの谷の館跡は、なおも発掘がつづけられてゆくとすると、天正《てんしよう》のころ一夜にして焼きつくされ、さらに前波が一時建てたらしい館のようすや、町家のありようを物語る、そのままの古図を掌の上にひろげたように見せる日がくる。一乗谷の復元の意味はひとり朝倉館跡にあるのではなくて、当時のあらゆるものが、温存されているところに意味があるのである。

一農夫が耕地整理のブルドーザーを使っていて、巨大な石や、土塁跡につきあたって、これが話題になり、さらに、畑を掘る人びとの鍬《くわ》のさきにひっかかった中国陶器の破片などに目をとめたのは、金沢大学の教授だった故井上鋭夫だった。彼はこの話を聞いて飛んできて、一乗谷口の耕地整理事業にストップをかけるべく奔走し、国・県の理解を得て、今日のような遺跡発掘の大事業をうむ発端者となった。井上は、戦国史や、一向一揆の研究で著書も多く、その研究は学者間でも大きく評価されていた人である。この人が、一乗谷の石ころや、土器の価値を云々しなければ、いまだに谷は土に埋まって今日のような、日本屈指の戦国村を現出しなかったろう。もちろん、井上をたすけて保存発掘につとめた人びとの労もあげねばならないが、われわれは、一乗谷の発掘によって、これからの日本文化史、戦国史の沼のような空白部分を、埋めることができたのである。

先に述べたように、日本には、もっと石積みも美しい城跡や古城跡がいくらもある。たとえば、篠山《ささやま》城や萩《はぎ》城である。これらはなるほど、城というにふさわしい名城のなごりを石垣にしのばせて感懐をふかめるが、地べたに並べられた大小の古石のありようをながめて、心打たれる名城をあまりもたない。寂莫《せきばく》たる城館跡といってもいい。いや、花やいだ越前の守護《しゅご》のありし日をしのばせる館跡とみてもいい。すべては現代人の自由だが、ぼくにはどうやら、一乗谷の土は、血なまぐさい。読者のなかで、訪問した人がおられたら、その感想をききたいものである。

自刃するときに、はらわたをかき出して、その血で辞世の詩をかき、悶絶《もんぜつ》して死した人の住んだ館のせいかもしれぬ。

大坂城

村上元三

むらかみ・げんぞう

1910年～2006年。41年、「上総風土記」で直木賞受賞。他に「源義経」「水戸黄門」など。

夢に描いた天守閣

いまの大阪城天守閣は、昭和三年（一九二八）の即位御大礼を記念して、大阪市が復興にかかり、昭和六年十一月七日、竣工式《しゅんこうしき》が行われた。当時の工費は、およそ四十万円、コンクリート鉄筋で、エレベーターがつき、五層七階、高さ百七十五尺四寸、と設計に当った大阪市建築課の技師古川重春の『錦城復興記《きんじょうふっこうき》』（昭和六年版）の中に記されている。もっとも古川技師は、大阪城天守閣復興については、いろいろと不満の点があり、それを、はっきりと巻末に書いている。

古川技師は、日本城郭の研究家でもあったし、錦城、つまり大坂城の象徴ともいうべき天守閣の復興については、徳川《とくがわ》期に入った寛永《かんえい》時代（一六二四〜四四）の復元ではなく、豊太閤《ほうたいこう》の築いた桃山《ももやま》期の天守閣を夢に描いていた、と思われる。『金城《きんじょう》聞見録』にも、大坂城天守閣焼亡のあと、台上から望んだ風景が記してあるが、やはり豊太閤の築いた大坂城は天下一、というより、世界でも有数の名城だった、と言えよう。

大坂城についての記録は、明治三十二年（一八九九）に発行された小野清氏の『大坂城誌』巻首と上中下あわせて四冊が、もっとも信頼できる、と思われる。その中にも、秀吉《ひでよし》の築いた大坂城天守閣は五層七重《じゆう》とあるが、異説もある。天正《てんしょう》十三年（一五八五）、安芸《あき》国（広島県）の、吉川《きっかわ》治部《じぶ》少輔《しょうゆう》元長《もとなが》、小早川《こばやかわ》又四郎隆景《たかかげ》、吉川隠岐守《おきのかみ》経安《つねやす》などが、秀吉の案内で大坂城天守閣へのぼったときのことが『吉川家什書《じゆうしょ》』に出ている。あくる年、耶蘇会《やそかい》の日本管区副長コエリヨも、同じように秀吉の案内を受けて天守閣へのぼった。その二年後の、都の公家《くげ》で神祇大副《じんぎたいふく》の吉田兼見《かねみ》も、ほかの公家たちと共に、秀吉の案内で天守閣へのぼったときのことが『兼見卿記』に出ている。

右の三つとも、天守は八重あり、それぞれの階におびただしい金銀、唐物、財宝など、秀吉の威勢を示すものが積んであった、とある。ほか所蔵の古文書や古絵図を参照に、いろいろ大坂城関係のところを抜き出してみる。

大坂夏の陣で焼け落ちた天守が、七重あるいは八重あったのではないか、と考えるのは、失われた巨大な美しい天守閣の姿を想像する作家の夢だけであろうか。

桃山建築の美

大坂が大阪と改められたのは、明治に入ってからで、古くは浪速《なにわ》、浪華、のちに難波《なんば》ともいわれた。

明応《めいおう》五年（一四九六）の九月、蓮如《れんにょ》上人が摂津《せっつ》国（大阪府）東生郡《ひがしなりごおり》生玉荘《いくたましょう》の小坂の東北、石山の地に本願寺を創立した。小坂のことを蓮如の遺筆に、大坂と書いているが、これが大坂の地名の起りという説と、大坂とは大きな河の岸という説もある。

石山本願寺《いしやまほんがん》は、淀《よど》川をひかえ、高台の上にあったが、蓮如のころは、荒れて、家もない土地だった、と『拾塵記《しゅうじんき》』にある。それから三十六年後、元文《げんぶん》元年（一七三六）に証如《しょうにょ》上人が本山にして以来、顕如《けんにょ》と教如《きょうにょ》の父子の時代になり、織田信長《おだのぶなが》とのあいだに何年もの戦いが続いた。

結局、天正《てんしょう》八年（一五八〇）、顕如と教如は降って、本願寺石山城は信長の手に入った。

前後十一年、本願寺が信長の大軍に抵抗し続けたのは、方八丁の石山城を中心に、五十一の出城が周囲を固めていたためもあり、六千余軒といわれた門前町の大坂町人が、本願寺をささえる檀家で、本願寺の経済的な強さを保っていたためでもある。

しかし教如は、石山城を退去するとき、寺に火を放ったので、三日間にわたって燃え続け、堂塔はすべて焼けおちてしまった。本願寺がどんな規模を持っていたのか、いまでは『信長公記』から想像するほかはない。

信長が京の本能《ほんのう》寺で死んだあと、羽柴秀吉《はしばひでよし》が京の堀河《ほりかわ》の地を顕如に与え、それまで紀州鷺《さぎ》ノ森《もり》に移っていた真宗本願寺の本山が、この堀河坊門《ぼうもん》に移った。のちに教如が、烏丸七条《からすましちじょう》に東本願寺を建てた。顕如の建てた本願寺が西本願寺と呼ばれ、これで西と東に本願寺が分れることになった。

信長は、石山本願寺のあとに、畿内《きない》と西国《さいごく》を押える巨城を造る望みだったが、その志を秀吉が継いだ。信長の落した越前国《えちぜん》（福井県）北ノ庄《きたしょう》城は、五層九重の天守閣を持っていたし、本能寺の変の直後、信長の建てた安土《あづち》城も、大きな天守閣がそびえていたものの、明智《あけち》勢に攻められて焼失した。

もちろん秀吉は、北ノ庄や安土よりもずっと大きな城を建てるのが目的であり、石山本願寺のあとは、その秀吉の望みにかなった強い岩盤の上に立っているし、眺望《ちょうぼう》もいい。

天正十一年七月、秀吉は大坂城建築の工を起し、三年後、工事は終った。大天守閣は、五層八重で、桃山《ももやま》建築の美を誇る美事なものであったろう。

秀吉は、築城に関する知識を持っていた上、その下には加藤清正《かとうきよまさ》、石田三成《いしだみつなり》、浅野長政《あさのながまさ》、増田長盛《ましたながもり》など、城造りの名人といってもいい大名たちがそろっている。ほかに、大工棟梁《とうりょう》の名門、武辻《たけつじ》、多門《たもん》、金剛《こんごう》、中村などの四家が工事に従ったし、三十余国から人夫が集められた。城は、石山本願寺の曲輪《くるわ》をそのまま用い、濠《ほり》の水は淀川から引いた。

城内でも一ばん高いところに、先ず秀吉は、白壁塗籠《しらかべぬりごめ》四方造りの天守矢倉を築き、どこからでも見あげられるようにした。

高地を利用した、といっても、大坂城は平城だが、北に淀川、東に多くの河川や沼、西は海浜、南は城下町という、絶好の地形になっている。

城に使った大石は、近くの河内岩船山《かわちいわふねやま》などから運んだものもあるが、瀬戸内海の小豆島《しようどしま》からも切り出した跡が残っている。この島から大石を運び出したのは、加藤清正が主力で、ろくろを使って山頂から巨大な石をおろし、船に積んだ。ここで、いまだに解明されないのは、現存する大きな石を、どうやって海上輸送をしたか、ということだが、諸家の記録を参照して、作家の眼から書くことにする。

采配をふった加藤清正

足かけ四年かかった大坂城の建築に、どれぐらいの人数が使われたのか、各種の書物によってさまざまだが、一日に三万人から五万人の職人と人夫が働き、賃銀をもらっている。そのほか、めいめい普請を割りつけられた諸大名とその家来が働いたのだから、おびただしい人数になる。

本丸、二の丸、三の丸の石垣の長さだけでも三里八丁といわれたが、その石垣の中でも一ばん大きな石は、現在も残っている京橋口の五十余畳敷の巨石で、肥《ひ》後石《こいし》と呼ばれる。加藤肥後守清正《かとうひごのかみきよまさ》が、小豆島《しょうどしま》から運んだ石なので、その名がある。

清正は、家老の庄林隼人、森本儀太夫、飯田覚兵衛などに石を探させ、小豆島の南西、土庄前島《とのしょうまえじま》に大小さまざまの花崗岩《かこうがん》があり、城の石垣に向いている、と報告を受けた。清正自身、家来や石工たちを連れて出向き、島に九ヶ所の石切丁場《ちょうば》を作った。その中の一つ、東大滝《ひがしおおたき》丁場から、のちに肥後石と呼ばれる巨石を切り出したのであった。

石を島の崖《がけ》からろくろを使っておろし、底の平たい大きな船に乗せ、周囲には十隻以上の船をつけて、浮きのかわりにした。石を海上輸送するときは、石に沢山の空樽《あきだる》をつけ、それを船で曳《ひ》いたり、大きな筏《いかだ》に石を乗せ、やはり船で曳くという方法もあるが、清正は、大石そのものを船に乗せた。周囲に十数隻の船がついても、帆の力で動かすのは不可能なので、むかしからの瀬戸内水軍のやり方にならい、めいめいの船にろくろをつけた綱をつなぎ、艪《ろ》を使って海上を大坂へ向った。

土庄前島の石切場には、石工の宿所があったのであろう。千軒村という地名が残っている。昭和三十年ごろ行ったときは、積み残した大小の石が、まだ海岸に積まれていたが、いまはどうなっているだろうか。

小豆島から大坂まで、海上輸送に何日かかったか、記録にはない。播磨灘《はりまなだ》を横切り、明石《あかし》海峡を通って、淀《よど》川の河口へ辿《たど》りつくまで、相当な苦労だったと思われる。

海上輸送のあいだも、清正は猩々緋《しょうじょうひ》の陣羽織をつけ、采配《さいはい》を片手に音頭をとり、家来や船の者たちをはげました。

さて、大坂へ着いてから、大石を陸へあげるのに、やはり滑車《かっしゃ》やろくろを使ったのは明らかだが、それを運ぶのに、どんな車を使ったか、明らかではない。丸太や海草を、すべりどめに転木《てんぼく》の下に敷き、その上を動かして行った、という説もある。

とにかく、肥後石を運んだときも、加藤清正は猩々緋の陣羽織に、采配を手にして石の上に立ち、音頭をとっている。

人心をおさめるのに長じた秀吉《ひでよし》は、本願寺《ほんがん》のころから門前町《もんぜんまち》として店を張っていた商人たちを、厚く遇し、天王寺《てんのうじ》、住吉《すみよし》、堺《さかい》へかけて三里のあいだ、店の軒が続くようにした。城を守るには、武力だけでは足りず、経済力も豊かにしておく必要がある、と秀吉は知っていた。

本丸の大手は、桜門であり、これに面して千畳敷の大きな屋敷が築かれたのは、慶長《けいちょう》元年（一五九六）のことで、それまでに本丸御殿のすべてが竣工《しゅんこう》したと思われる。

本丸の五層八重の天守矢倉には、武具のほか、金、銀、銅、舶載《はくさい》の唐物《とうぶつ》などを貯わえ、当時は接客の儀礼として、天守にのぼらせるのが習慣になっていた。だから、公家《くげ》や大名、耶蘇会《やそかい》の神父など、秀吉に案内をされた人々の記録が残ることになった。

秀吉の築いた大天守閣は、木造の組上げで、屋根は瓦葺《かわらぶき》、大棟《おおむね》に飾った鯱鉾《しやちほこ》には金箔《きんぱく》を押した。鬼瓦などにも漆で文様《もんよう》を置き、やはり金箔を押してあった。上層の外部に、舞鶴《まいづる》の蒔絵《まきえ》、虎《とら》の彫刻などの装飾があり、いずれも桃山美術の伝統を受けついだ美しさだったと思われる。

小天守の西の丸天守は、外部が白壁塗籠《しらかべぬりごめ》で、二の丸、三の丸の矢倉、多門なども同様の仕あげであった。

本丸の御殿は、建坪《たてつぼ》四千六百、座敷の数は六百、そのほかに千畳敷の大広間がある。いずれも室町期の建築様式で、大天守の東に金蔵があり、どれほどの金銀が貯わえてあったのか、いまでは見当もつかない。

大坂城を竣成《しゆんせい》したころの秀吉は、天下一の分限者《ぶげんしゃ》であり、おびただしい金銀を築城のために費した。

五層八重の大天守閣は、京の都から望むことが出来たし、空をつらぬいてそびえ、きらきらと光り輝いたのは、すばらしい景観であったに違いない。

この大坂城にあって、秀吉は、天下平定の望を立て、着々と自分の夢をのばして行った。いわば大坂城は、秀吉の権力の象徴であり、天正《てんしょう》十四年（一五八六）、秀吉は朝廷から豊臣《とよとみ》の姓を賜り、太政大臣《だいじょう》に昇進した。

三十二年目で灰燼に帰す

慶長《けいちょう》三年（一五九八）八月、豊太閤《ほうたいこう》は、伏見桃山城《ふしみももやま》にあって歿《ぼっ》した。年六十三であった。

翌年、わずか七歳の秀頼《ひでより》が、伏見桃山城から大坂城へ移り、同じ年、徳川家康《とくがわいえやす》は秀吉《ひでよし》の北《きた》の政所《まんどころ》（寧々《ねね》）を京へ移し、そのために高台院《こうだいいん》を建立した。

大坂城西の丸に、家康は四層の天守閣を建て、そこに住んだ。この天守閣は、のちの大坂夏の陣のとき、大天守と共に焼失したが、古図には残っている。

大坂城が、いよいよ戦雲に巻きこまれるのは、慶長十九年で、秀頼は二十二歳になっていた。

『大坂冬御陣之図』という古い写図を見ると、当時の大坂城の西南に笹《ささ》の丸《まる》があり、隣に江原与右衛門屋敷が描いてある。この江原は、徳川千姫《せんひめ》が七歳で秀頼の妻として大坂城へ入ったとき、それに従って駿府《すんぷ》（静岡県）からきた旗本で、夏の陣のときに討死している。

大坂城へ入ってから、千姫は、笹の丸御殿を住居としていた。のちに千姫が江戸へ帰って、吉田御殿に住んで美男を引き入れ、もてあそんだ、というのは根も葉もないことで、大坂城にいるあいだ、千姫は形だけの秀頼の妻であった、と思われる。四つ違いの秀頼は、大坂の陣のころ、すでに側室わごの方とのあいだに、国松《くにまつ》という子も出来ていた。

慶長十九年十月二十三日、家康は二条城へ入り、十一月十一日、伏見城を発して住吉《すみよし》へ進んだ。『大坂御陣之図』という古図を見ると、大坂城の南、天王寺《てんのうじ》をはさんで、家康の本陣と、秀忠《ひでただ》の本陣が描いてある。同月十八日、家康と秀忠は、茶臼山《ちやうすやま》に本陣を構えた。すでに徳川勢は、大坂城を四方から囲んでいる。それに対して、城方で一ばん寄手に近い平野口に、真田幸村《さなだゆきむら》が真田丸の砦《とりで》を築いて、戦端をひらいた。

十二月四日から始った戦いは、九日になって城の総攻めになったが、容易に城の陥るわけはない。

十九日になって和議がととのい、関東方の人数で大坂城総構えを取払い、大坂方が三の丸と二の丸の塀《へい》と柵《さく》をこわす、という盟約が成立した。しかし関東方は、三の丸の堀を埋め、石垣を崩し、あくる慶長二十年(七月に改元して元和《げんな》元年)の正月十八日までに、二の丸の大手、京橋口、玉造口《たまつくりぐち》などの堀を埋め、塀をこわした。こうなると、本丸桜門がむき出しになり、門の外は往還の街道にされたも同様であった。

『大坂城古図』を見ると、天下無比といわれた日本一のこの城も、本丸の曲輪《くるわ》だけを残して裸《はだか》にされたことになる。加えて、摂津河内《せっつかわち》は旱魃《かんばつ》に見舞われ、戦乱をおそれた百姓たちの大部分が逃散《ちょうさん》してしまった。もちろん年貢も入って来ないので、豊臣家《とよとみ》は城中にいる将兵を養うため、畿内《きない》を駈《か》けまわって、米や大豆を買いしめ、城へ運び込んだ。

これも、徳川家を刺戟《しげき》することになり、家康は、駿府《すんぷ》城へ行った秀頼の使者常光院尼《じょうこういんのあま》、二位尼《にいのあま》の二人に、淀《よど》君への伝言をした。それは、人心をおさめるため、秀頼が大坂城を出て、大和郡山《やまとこおりやま》城へ入る、淀君が人質として駿府へ来る、そして五年か六年のあいだに大坂城を元のように修復して、豊臣家へ返す、というのであった。

淀君は承知をせず、秀頼はじめ家臣を集めて再戦を宣言した、というが、この説には疑問が残る。世に伝えられるほど、淀君は見識の高い女性ではなく、わが子の秀頼を溺愛《できあい》するあまり、先のほうまで見抜けなかったように思われる。

豊臣家の返事がのびているあいだに、本軍は、続々と軍勢を河内（大阪府）、和泉《いずみ》（同）、大和（奈良県）へ進めていた。

五月五日、秀忠は伏見城から進発、家康は京の二条城を出て、河内国へ入った。いわゆる夏の陣は、五月六日の片山《かたやま》、道明寺《どうみようじ》、八尾《やお》、若江《わかえ》などの戦いにはじまり、あくる七日は、天王寺、岡山、船場《せんば》、茶臼山などで戦闘が行われ、城兵はすべて大坂城内へ引きこもった。

家康と秀忠は、茶臼山に本陣を置き、東軍は七日の朝から総攻撃をかけた。その日の午《ひる》すぎ、城内本丸の大台所から火を発し、屋敷は次々に焼けた。これは、秀頼の近臣大角《おおすみ》与右衛門が、徳川方に内通し、火を放ったのだという。

千畳敷の大広間はもちろん、大天守閣をはじめ、ほかの建物にも火は燃え移った。秀吉がこの城を建ててから、三十二年目であった。

あくる朝、秀頼や淀君は、城内山里丸朱山《やまざとまるしゆざん》矢倉の下に入って、火を避けた。しかし午ごろ、寄手が鉄砲を放ったので、秀頼は中から火をかけ、母の淀君をはじめ近臣、局《つぼね》たち、すべて三十余人、ことごとく自害をした。秀頼は二十三、淀君は三十九歳であった。

その前日、千姫は城外へ逃れている。徳川家の大名坂崎出羽守《さかざきでわのかみ》が、火中から千姫を助け出した、という説もあるが、事実は、大坂方の七組頭《くみがしら》速見甲斐《はやみかい》が千姫と侍女たちを城外へ逃す手筈《てはず》をととのえ、紀州の堀内主水《ほりうちもんど》が千姫主従を石垣から城外へ脱出させたのであった。城下の混乱の中を、千姫主従が逃げまわっているのを、坂崎出羽守が見つけ、茶臼山の本陣へ案内した。

秀頼とわごの方とのあいだに生れた国松も、侍女たちに守られ、城から脱《ぬ》け出した。しかし、伏見にひそんでいるところを発見され、その月の二十二日、京の六条河原《ろくじょうがわら》で斬首《ざんしゅ》された。わずか、八歳であった。

これで、秀吉の築いた大坂城も、灰になり、豊臣家の血筋は絶えた。

徳川家が、大坂城に残った黄金二万八千六十枚、銀二万四千枚を収めた、という記録が『御撰大坂記』(写本)巻の八にある。秀吉が、分銅の形に溶《と》かした黄金も、その中に含まれていたというが、その金銀の額も、正確な裏づけはない。

秀吉の歿《ぼっ》後、秀頼は京都、奈良の諸大寺、神社などの修復のため、おびただしい金銀を費している。それから逆算してみても、秀吉が大坂城を竣成《しゅんせい》したとき、城内に貯えられていた金・銀・銅などの総額は、はっきりしない。とにかく、日本最高の金銀が大坂城に集められていた、というのだけはわかる。

大坂夏の陣で焼亡した大坂城の姿は、徳川期に入って、再び元のようによみがえることはなかった。

諸大名に賦役を命じ再建

元和《げんな》二年（一六一六）、徳川秀忠《とくがわひでただ》は、西国の諸大名に命じ、大坂城の再築をはじめたが、これは本格的な修築ではない。

大和郡山《やまとこおりやま》の城主松平下総守忠明《まつだいらしもうさのかみただあき》が、焼けた大坂城を預り、先《ま》ず戦乱で焼野ヶ原になった城下の町造りをはじめた。

元和六年になって、秀忠の下知《げち》を受けた大名たちは、ようやく大坂城の整理を終った。このとき、焼け残った矢倉の再築にかかったが、それと同時に、埋めた三の丸の濠《ほり》を平らにし、城らしい外観をととのえた。

石山本願《いしやまほんがん》寺の信徒として、先ず町の形を作った大坂町人たちは、次に秀吉《ひでよし》の庇《ひ》護《ご》を受け、根強い経済力をたくわえた。この町人たちにとって、やはり大坂城は町の誇であり、城のない大坂の町は魅力がない。

徳川二代将軍秀忠も、三代将軍家光《いえみつ》にも、それがわかっていたが、大名を置いて大坂の町を支配させるというのは、町人たちの反感を買うことになる。大坂町人の富力を利用しながら、ここを徳川家の経済の中心にするかわり、武力では支配しない、という方針を徳川家は採《と》った。

寛永《かんえい》三年（一六二六）、家光は、本格的に大坂城再築の工事を起した。このため、小堀遠江守政一《こぼりとおとうみのかみまさかず》が本丸天守閣再建をはじめ、同時に本丸南曲輪《くるわ》に三層の矢倉を建てた。続いて、大手、玉造、京橋などの門が再築された。

ようやく寛永七年になって、五層七重の天守閣が出来あがった。もちろん、秀吉の造った五層八重の大天守とは、比べものにならないし、桃山《ももやま》期の装飾もほどこされていない。

寛永十一年、三代将軍家光が、二度目に上洛《じょうらく》した。このときは、女帝明正《めいしょう》の世であり、先帝後水尾《ごみずのお》は太上天皇になっていた。家光は、京都の市民に銀十二万枚を与え、ついで大坂へ入って、完成した大坂城を見た。

この大坂城再建のため、賦役《ふえき》を命じられた諸大名は七十余家にのぼるが、どれほどの費用がかかったのか、わかっていない。家光としては、自力で行うと決めた日光東照宮《とうしょうぐう》の造営も、まだ完成半ばだし、大坂城再建のほうは諸大名や町人たちに費用を割り当てるほかはなかった。

だが、寛永十一年のこのとき、家光が大坂城再建普請落成の式を行っている。ようやく大坂城は、夏の陣から十九年目で、城下の町人たちを満足させるだけの景観をととのえた、ということになる。

それから二十六年目、四代将軍家綱《いえつな》のころ、万治《まんじ》三年（一六六〇）六月十八日の夜、雷火のため、大坂城内青屋口《あおやぐち》の火薬庫が爆発し、炎は本丸屋敷、西の丸矢倉などを焼いてしまった。城を守っていた侍《さむらい》たちの中からも、死傷者が出た。

それから五年後、五代将軍綱吉《つなよし》の時代、寛文《かんぶん》五年（一六六五）正月二日、こんどは本丸矢倉に落雷し、ほかの建物も焼けた。

それより前、信州小諸《こもろ》城主青山因幡守宗俊《いなばのかみむねとし》が大坂城代をつとめていた寛文三年の『大坂御城図』（写図）を見ると、ちゃんと天守閣も描いてあり、天守の高さは根元より二十二間五尺六寸（約四二メートル）、という書き入れがある。二の丸の左手から入ると、本丸に角矢倉が立っているが、下の濠《ほり》は「カラホリ、底ハ石ヲシク」と書いてあり、玉造土橋から入った本丸の濠も、同様になっている。しかし、本丸の濠は、およそ三分の二は水が張ってある。

大坂の陣のあと、再建したものの、落雷のため、天守矢倉を失うまでの大坂城には、もう豊臣《とよとみ》氏のころの規模もないし、豪華な桃山時代の建物もなかった。

幕府が、ここに大坂城代を置き、大坂を日本の経済の中心にしようという計画は、天守矢倉に関係なく、順調に進んだ。

淀《よど》川の堂島《どうじま》に、諸藩の蔵屋敷が置かれ、諸国から米そのほかの物産を運んでくると、蔵屋敷留守居と銀方商人《ぎんかた》のあいだに、商談が行われる。来年、あるいは二年先の米を抵当に、銀方商人は、大名たちへ銀を貸した。一ばん蔵屋敷の多いときは、諸藩の大名百二十家を数えた。その一方、次第に諸大名の台所は大坂商人の手に握られて行った。

それは後のことで、寛文五年、大坂城天主矢倉が雷火のため焼失したあくる年、寛文六年二月六日、江戸城内竹橋《たけばし》門の屋敷にあって、千姫《せんひめ》が歿《ぼっ》した。年六十九であった。

大坂落城の直前、城を逃れ出た千姫は、播州姫路の城主本多《ほんだ》美濃守《みののかみ》忠政《ただまさ》の嫡男《ちやくなん》、中務少輔《なかつかさしようゆう》忠刻《ただとき》のところへ輿《こし》入れをした。このとき、江戸屋敷にいた坂崎《さかざき》出羽守《でわのかみ》が、千姫の輿を奪おうとし、家来たちに殺されるという事件が起った。

千姫は、十年ほど夫と共に姫路城内に住み、女子ひとりをもうけたが、夫の忠刻は寛文三年、三十一歳で父に先立って病死した。すぐに千姫は髪をおろし、仏道へ入って天樹院《てんじゆいん》と法名を名乗り、江戸へ帰って竹橋御殿に住んだ。千姫の家老吉田なにがしの屋敷にいた、という説もあるが、将軍の息女が江戸城の外に住む筈《はず》はない。天樹院は、長く尼としての暮しを送ったが、忠刻とのあいだに生れた女子は、成人して、備前《びぜん》岡山の城主、名君といわれた新太郎光政《みつまさ》のところへ嫁いだ。

大坂城天守矢倉が雷火のため焼けたあくる年、その眼で大坂落城を見た千姫が歿した、というのも、なにか因縁めいている。

寛文五年の焼矢のあと、大坂城天守矢倉は再築されることなく、長い年月が経った。

天守矢倉は見送り

天守矢倉の焼けたあと、再建のことが幕閣のあいだで起ったが、名臣といわれた老中保科《ほしな》肥後守《ひごのかみ》正之《まさゆき》が、それに反対をした。

正之は、二代将軍秀忠《ひでただ》の第三男で、三代将軍家光《いえみつ》の異母弟に当る。正之としては、天下を騒がせた島原《しまばら》の乱が鎮ってから、まだ三十年経っていない。諸大名の力も弱っている上、幕府の財源も心細くなっている現在、莫大《ばくだい》な費用を使って、天守矢倉など再建する必要はない、というのであった。

将軍家綱《いえつな》も、幕閣も、保科正之の言葉を聞き入れ、天守閣再建の議は中止された。

のち十代将軍家治《いえはる》の治世、天明《てんめい》三年（一七八三）十月、大坂城の大手門、多門などが、やはり雷火のために焼けてしまった。

そして、十一代将軍家斉《いえなり》のとき、天保《てんぽう》八年（一八三七）二月十九日、大坂町与力大《おお》塩平八郎《しおへいはちろう》と格之助《かくのすけ》の父子、その徒党が乱を起し、天満《てんま》組屋敷に放火し、大坂城へ乱入しようとした。だが、これは果されず、大坂市中は三日にわたって焼け続け、寺や神社、大名の蔵屋敷、役人の屋敷、町家など、あわせて一万八千二百数戸、町数にして百二十余丁が灰になった。

大塩父子は、油掛町《あぶらかけまち》の商家に隠れていたが、三月二十七日、捕手に発見され、家に火を放って自殺した。

この乱で、大坂城そのものには被害はなかったが、石垣や屋敷など修復をしなくてはならぬところが多く、天保十四年、十二代家慶《いえよし》のとき、再建の費用を大坂商人に割り当てた。鴻池善右衛門《こうのいけぜんえもん》をはじめ、百五十五人の商人が大判金で百五十五万五千五百両を献納した。鴻池は十万両、最低でも二千両を下らなかった。

工事は、あくる年から始められ、天保・弘化《こうか》・嘉永《かえい》にかけて続いた。前後十一年をかけ、安政《あんせい》五年（一八五八）、大手門も再建され、城内の建物も、寛永《かんえい》のころの俤《おもかげ》を取りもどした。

しかし、天守矢倉だけは、巨大な費用がかかるので、再建は見送られた。

本丸御殿を焼いた不審火

幕末になって、元治《げんじ》元年（一八六四）正月、十四代将軍家茂《いえもち》は大坂城へ入り、大手、京橋、玉造、三つの門の外に、胸壁を造った。これは、禁門の変で憤激した長州軍が、国司信濃《くにししなの》、福原越後《ふくはらえちご》、益田右衛門介《ますだえもんのすけ》などにひきいられ、大坂を経て京都へ入るのを防ぐためであった。

蛤御門《はまぐりごもん》の変の後、慶応《けいおう》元年（一八六五）五月、将軍家茂は、長州征伐の軍三万をひきいて大坂城へ入った。

しかし、征長の戦いに幕軍は敗れ、あくる慶応二年七月二十日、大坂城銅御《あかがねご》殿《てん》上段の間で、家茂は脚気衝心《かっけしょうしん》のため急逝《きゅうせい》した。年二十四であった。

この死が、突然だったので、家茂は毒殺されたのではないか、という噂《うわさ》が飛んだ。

御台所《みだいどころ》の皇女和宮《かずのみや》へ、家茂は、土産として西陣織《にしじんおり》を一反、ととのえてあったという。それは家茂の死後、遺骸《いがい》と共に江戸へ送られた。静寛院宮《せいかんいんのみや》と法名を名乗った和宮に、次のような和歌がある。

空蟬《うつせみ》の唐織衣《からおりごろも》なにかせん、綾も錦も、君ありてこそ

十五代将軍慶喜は、慶応三年、大坂へきて、城内白書院でイギリス公使を引見している。このころ、神戸の港へ船で入った外国使節と、将軍が会見するのに、大坂城が適しているからであった。

その年の十二月、王政復古の大号令が発せられ、京の二条城にいた慶喜は、老中たちをひきいて、ひそかに大坂城へ退いた。

あくる慶応四年（九月に改元して明治元年）正月、鳥羽伏見《とばふしみ》の戦いが起り、六日、慶喜は大坂城から脱出、安治川《あじ》口を経て、天保山《てんぽうざん》沖に碇泊《ていはく》中のアメリカ船に乗り、江戸へ帰った。

ところが、同じ正月の九日、幕府目付妻木多仲《つまきたちゅう》など、長州藩兵隊長佐々木四郎たちと、城内本丸獅子《しし》の間《ま》の次で、大坂城明け渡しについて応対しているとき、夕方、大台所《おおだいどころ》から出火して、炎は本丸御殿に及んだ。あわてて消火に当ったが、火のまわりが早く、せっかく嘉永《かえい》年間（一八四八〜五四）に竣成《しゅんせい》した城中の御殿、矢倉など、すっかり焼けてしまった。

この出火の原因が、なんであったのか、いろいろな説もあるが、はっきりしたことはわかっていない。一説には、妻木多仲が御膳所《ごぜんどころ》組頭加藤冨次郎に言いつけ、大砲の発火信管で大台所に火を放ったのだ、という。また、そのとき京橋定番屋敷に小火《ぼや》が起って、その火が飛んできたのだ、という説もある。

この明治維新で、それまで幕府や諸大名の財政をささえていた大坂商人は、幕府が力を失うと共に、みな貸銀もふいになり、軒なみ倒産をしてしまった。

わずかに、鴻池《こうのいけ》だけが、大坂商人としての名目を保ち、明治から大正まで、財閥の一つとなって生きのびた。

ほかに、京の三井《みつい》家は、祖先の家憲を守り、大名貸しをしなかったし、戊辰《ぼしん》戦争のとき官軍に軍用金を用立てたりしたので、三井財閥として明治の経済界に大きな力を持った。

大坂商人は、明治に入ってから、大転換をすることになるが、大阪城には明治五年（一八七二）に鎮台がおかれた。

三の丸青屋口の東南に、大阪砲兵工廠が設けられたのは、明治十九年であった。大正時代、大阪城内には、第四師団があり、被服廠《ひふくしよう》も建てられた。

そして、昭和三年、御大礼記念として、豊太閤《ほうたいこう》のころを偲《しの》ぶ大天守の復興が計画されたのであった。

歴史上で大きな役割

古書、古絵図、それに『大坂城志』『錦城復興記《きんじようふつこうき》』などを参照に、大坂城の変遷をたどってみると、やはり夢は、秀吉《ひでよし》の竣成《しゅんせい》した五層八重の大天守矢倉と、桃《もも》山《やま》期の美術工芸をふんだんに使った華麗な殿舎のあったむかしを偲《しの》ぶことになる。

歴史の上でも、秀吉以来、幕末まで、大坂城の占めた役割は、いろいろと大きい。

秀吉の北《きた》の政所《まんどころ》、高台院《こうだいいん》は、京の高台寺の境内にある茶室から、淀《よど》川の下流に、いつもきらきらと光る大坂城天守矢倉を望んでいたという。

摂津《せっつ》、河内《かわち》、和泉《いずみ》の諸方から眺めた、そのころの大坂城大天守矢倉は、どんなに美しかったことか。

作家として、その夢を満たすために、わたしは夏の陣で焼亡する前の大坂城を、二度も長篇に書いた。この後も、大坂城に残る夢を、まだまだ見続けることだろう。

茨木城

岡本好古

おかもと・よしふる

1931年～2018年。「空母プロメテウス」「無形商品」「黄染地帯」「日本海海戦」など。

城の随想

もう十幾年も前になるが、筆者はからずもお濠《ほり》ばたを深夜散歩することになった。そこが何丁目かも私には皆目わからぬ銀座のとある酒場を出て、日本橋付近まで来たのだが、地下鉄も国電もとっくに店じまいした時間だった。

驀走《ばくそう》するタクシーの群れへ手をあげつづけても頑《がん》としてとまってくれない。この日はたしか土曜日だったと思う。あとで聞くと、それは常時のことで、長距離の客を拾うべく、ひたすら銀座や新宿へ向かうというのだ。

陸運局局長閣下、運転手諸氏に客のより好みを寛許しすぎではないでしょうか……と上訴したくなる。頻々《ひんぴん》と上京しているものの、なんといっても私は京都在住である。原稿用紙のような町並みになれていて、どこへいくにも東西南北の方位感覚を基礎にする。

茨木城

晴れた夜空なら北斗七星を頼りに北極星を見つけ出すのだが、この夜はあいにく全天が黒衣をまとっている。まわりは行き交うタクシーのライトの雑沓《ざっとう》であり、歩いている人はまったく見あたらなかった。

ここから飯田橋の宿までなんとかして歩いて帰るしかない。私はこれまで、もっぱら地下鉄と車に頼って行き来し、いわば都内を、「点と線」の段でしか見きわめていなかった。

せめて都心部だけでも、地図を片手に自分の脚でつとめて踏査しておくべきだったと悔やまれる。

ここで思い浮かんだのは、江戸城の広範な城域が都心部の要《かなめ》になっていることである。それに地下鉄の駅順を覚えていたことはさいわいだった。東回りにお濠に沿って、大手町・竹橋・九段下・飯田橋……とつづいている。

厳冬の夜だった。あたりには道を訊《き》く人もなく、駆け込もうにも深夜スナックも交番所も消防署も見あたらず、さっきから右手はあげっぱなしだが、車の群れは容赦なく走り過ぎるばかりで、じっさい誇張でなく、ともかく歩きつづけないと、凍えてしまいそうだ。なんとかして飯田橋界隈《かいわい》へたどり着かねばならない。そこで、いま立っている大通りの一方を見はるかした。そのかなたは深い闇《やみ》をたたえている。私は北であることを念じて、その方向へ歩きだした。

やがて、幸運にも、お濠端へ出ることができた。そして、この夜は、はからずもその周囲を三分の一足らずめぐることで、あらためて「江戸城」の量感に圧倒されたのである。

私の眼にはそれは「江戸城」であるよりまず「古城」だった。漆黒《しっこく》の夜闇と濠の水にはさまれて、泰山盤石《たいざんばんじゃく》の巨大な「物影」は、「君臨」の権化《ごんげ》というもなお足るまい。

それをめぐるお濠端、というより断崖《だんがい》の上を無数のライトがひきもきらず流れつづける。それは、深更の古城のたたずまいを囲繞《いじょう》するには、なんと異様な光の殷賑《いんしん》であろう。

こうしてみると、「城」こそ陸の戦艦だ、と思えてくる。現に濠の水面へ長い裾《すそ》を垂れるがごとき石垣は、すなわち舷側《げんそく》であり、角《かど》の箇所の稜線《りょうせん》などは艦首の鼻柱をほうふつさせる。

この江戸城の場合は別として、近世から近代にかけて補修されたり再現されたものが多いが、現存する若干の名城の何層・何重という白壁に甍《いらか》の大天守閣……は、息を呑《の》むばかりに戦艦の艦橋と酷似している。

のみならず、その下の本丸、つづく二の丸、櫓《やぐら》……などの内郭は艦橋の基部から上甲板にかけて並ぶ、煙突・ボート庫・砲塔・マスト・後部艦橋など……のいわゆる上部構造物になぞらえられよう。

金城鉄壁……とは、まさに両者の相似をなぞらえる四言句であろう。太平洋戦争中、戦列にあった十二隻の日本戦艦の写真をながめるうちに、天守閣をとどめる名城や、いまは城址《じようし》を残すだけでも、かつては金色や銀色に燦然《さんぜん》と映えた往時の名城のどれかと面差《おも》しがそっくりに思えてくる。

かつて軍艦を「くろがねの城」といったが、これは比喩《ひゆ》ではなく写実であろう。

筆者なりに両者をとり合わせてみると、「長門《ながと》」＝熊本城、「大和《やまと》」「武蔵《むさし》」＝大坂城、「山城《やましろ》」「伊勢《いせ》」＝姫路城、また、日本海海戦の殊勲に輝く「三笠《みかさ》」＝松本城――というところか。

さらに天守閣と艦橋の相似点をあげると、これははなはだ憮然《ぶぜん》とした話だが、実戦で実用性を欠くことである。

古来、白壁の天守閣がその国主や領主の勢威のシンボルであり、戦《いくさ》の間は、それを仰ぎ見る城士一同を勉励させるメリットこそあったが、戦力としては事実上、あってもなくてもよい代物のようである。

軍艦の艦橋も同様である。艦隊一決の砲戦でも、また敵機との攻防戦でも、たんに、早期発見と命中率の便宜を敵にあたえて、戦闘中、それ自体は主要な火力を発揮する土台になるわけでもない。

航空戦時代になると、「くろがねの城」はみずからを守る機能すら心もとない、無用の長物と化してしまった。

つらつら思うに、これら十二の「くろがねの城」のほとんどが前大戦中、三年足らずのうちに没し去ったことである。だが「陸の戦艦」のほうは沈むことがない。落城は沈没とは異なるのだ。

いかに攻め手が破城槌《つち》や火矢を駆使して破壊にかかり、たとえ本丸以下の城郭が焼け落ちようが「城」そのものは生き残る。落城とは、そのときの城主と眷族《けんぞく》（従者）の滅亡しか意味しない。

やがて、時の趨勢《すうせい》で放棄され、顧みられなくなり、堅牢《けんろう》な部分が時間と自然に崩されて、城址をとどめるだけとなっても、その「城」はなお生きるのだ。

崩れた石垣をいびつな蔦《つた》草がまつわり、本丸跡にすすきがそよぐ……今日のわれわれにはそれだけで、いや、それだけゆえに名城の鑑賞に十分足りるのである。

古城・名城とは、その城址にたたずんでしのぶものにほかならない。

——金城鉄壁の威容。たたずむ白鳥そのものの天守。荘重な大手門。その下に畑のうねのように展《の》べられた家臣の屋敷、雑兵長屋の棟《むね》。天守閣の高欄による武将ひげも凛々《りり》しい白皙《はくせき》の城主、濡《ぬ》れるがごとき黒髪と長いまつげの含羞《がんしゅう》の姫君・御簾中《ごれんじゅう》。それに、女房たち。庇《ひさし》に松の葉枝が寄り添い、その合い間に煌々《こうこう》と輝いてみえる月影。この一幅の墨絵に添えるに雅《みやび》やかな一琴の奏《しら》べ——

こうした往時の情景には、何人《なんぴと》もただそっと眼を閉ざすだけでほうふつとうかんでくる。追想の女神がまぶたをはたいてくれる。

茨木城

茨木《いばらき》市は京都と大阪との中間より少し大阪寄りにある。今日では変哲もない京阪神地方の衛星都市にすぎないが、その位置からして、指呼のうちにある高槻《たかつき》、さらに京都寄りの山崎《やまざき》一帯とともに、織豊《しょくほう》時代には戦略上の要衝だったことがうなずける。

一九七〇年三月から九月までの半年間、この小都市はあの未曾有《みぞう》の民族大移動、「万博巡礼行」のターミナルをつとめた。筆者も終幕に近い盛夏になって、三日にあげず訪れたものである。

こうした巡礼大衆のうち、どれだけの人が茨木城の史蹟《しせき》に留意したものか。かくいう筆者もまた、城の名さえあずかり知らず、ひたすら「太陽の塔」へ心いそいだひとりである。

ありし日の茨木城は、ほぼ東西二二〇メートル、南北三三〇メートルの城域だったと推定される。このなかに南北約六〇メートル、東西一五四メートルの敷地をもつ本丸が聳立《しょうりつ》するさまは、堂々たる大城の貫禄《かんろく》である。

これもいまから三百七十年まえ、徳川の手で破却され、今日では往時のおもかげは茨木神社神門となっている城門の石垣だけで、その他には、L字型道路と古い民家がとどめる城下町の風情《ふぜい》ぐらいが証人である。

三百五十年後、同じ茨木の地に、趣こそまったく異なるが、全世界を寄せ集める築工をみた現代、もし古城に「精霊《しょうりょう》」あれば、これにどのようにこたえるだろう。

茨木城の創設の時期は詳《つまび》らかでない。建武《けんむ》の中興《ちゅうこう》の時期に、かの千早《ちはや》・赤坂《あかさか》城で有名な楠木正成《くすのきまさしげ》が築いたという説もある。

なにしろ、この豪族出の名将は、城に立てこもって勝ち戦をせしめる鬼才である。このため、彼が築城と籠城《ろうじょう》の神さまとみられているようで、その創築になるという城が畿内《きない》の随所にみられる。

史上、茨木氏の家名が足利《あしかが》八代将軍義政《よしまさ》の臣下として登場するのはそれより百年後、文安《ぶんあん》年間(一四四五年前後)である。

さらに二十年あまりたって、応仁《おうにん》の大乱がはじまるが、このころすでに茨木城は存在していたといわれる。このほうが南北朝の正成築城説よりも百数十年新しいだけに、信じるに足りるようだ。

興味あるのは、他に摂津《せっつ》(兵庫県)の伊丹《いたみ》城、近江《おうみ》(滋賀県)の観音寺城……など、直接・間接にこの大乱を契機に創設・築城されたものが畿内にかなりあることである。このことからしても、応仁の大乱が京師を火の海と化しただけでなく、戦場を畿内一円にひろげた全面戦争であることがうなずけよう。

この間「茨木城」のたたずまいと、そこに住まう人びとの去就《きょしゅう》や生殺のドラマについては、史書はほとんど事項を記していない。一定の期間は城主と臣下が和気藹々《あいあい》のうちに暮らす平凡な生活であったか、ある期間は無住の城として空骸《くうがい》をかこっただろうか。または近隣の勢力と小競《こぜ》り合いをくり返して、たがいに姑息《こそく》な興亡をみたことか。

ともあれ、時は流れて、足利十二代義晴《よしはる》将軍の世になった。一向宗徒があばれたり、幕府管領《かんれい》がかってに自分の所領の隣国を討ったりして、征夷《せいい》大将軍ののれんもすっかり色褪《あ》せて群雄割拠《ぐんゆうかっきょ》の乱世に入っていた。種子島《たねがしま》にポルトガル人が火縄銃《なわじゅう》を伝えて、「武士道」が物心ともに脅威をうけるのもこのころである。

大永《たいえい》七年（一五二七）二月、柳本賢治《かたはる》と波多野《はたの》氏一党が突如、細川高国《たかくに》にそむいて京都に侵入し、余勢をかって山崎城を落とした。「山崎の合戦」はなにも秀吉が先鞭《せんべん》をつけたわけではなく、こうして五十五年まえすでに展《の》べられたのである。

このとき、近くにある茨木城も開城の憂《う》き目をみた。

当時、茨木氏は、足利時代きっての奸雄《かんゆう》、三好長慶《みよしながよし》に属していた。このため、足利幕府最後の将軍義昭《よしあき》を擁して摂津へくり出した織田信長の敵となる。だが、城主茨木佐渡守《さどのかみ》は抗戦の愚を悟り、早々に降って、信長から本領安堵《あんど》を約束された。

以後、茨木城は疾風のごとき時の覇者《はしゃ》、信長の影響下に息づくのである。その趨勢《すうせい》におされて茨木氏の去就も目まぐるしかった。

あくる永禄《えいろく》十二年（一五六九）早々に、例の本圀《ほんこく》寺の変で佐渡守は京都へ駆けつけ、荒《あら》木《き》村重《むらしげ》・高槻城城主和田惟政《これまさ》と協力して義昭を援護した。

元亀《げんき》元年（一五七〇）、一向一揆《いっき》が蜂起《ほうき》し、これに呼応して三好三人衆がまたぞろ信長攻撃ののろしをあげる。

折から信長は北方の朝倉と対峙《たいじ》していた。これを見て信長の足をすくうように、大坂では本願寺《ほんがんじ》光佐《こうさ》がうごめきはじめた。年末に朝倉とは和議が成ったが、その間、信長が不在の畿内にあって、茨木城が高槻城とともににらみをきかせた功績ははかり知れない。

フロイスの眼

翌元亀《げんき》二年（一五七一）は茨木《いばらき》城の歴史を画した年である。茨木城・高槻《たかつき》城それぞれの主である茨木佐渡守《さどのかみ》と和田伊賀守《いがのかみ》は、荒木村重《あらきむらしげ》方の池田勝正《かつまさ》と戦ってあえなく討ちとられた。茨木氏潰《つい》えて、城主は荒木新五郎にかわった。同時に高槻城のほうも交替を余儀なくされる。

この戦いで茨木城ははじめて兵火に燃え立った。たまたま河内《かわち》（大阪府）飯盛山《いいもり》付近に難を避けた、かの耶蘇会《やそかい》宣教師ルイス＝フロイスが炎上のさまを遠望していたのである。

その位置に他のなにびとでもなく、彼、ルイス＝フロイスが立ったことに意味がある。

七年まえの永禄《えいろく》八年（一五六五）、来日したフロイスは信長に謁したが、たがいに深い感銘をあたえあったようである。あるいはそれもたがいに異なった環境のもの同士なので、むしろ同種族間よりも深く透視できるのだろうか。

同じフロイスの瞳《ひとみ》は日本の自然や美術作品の美、そして、ときにはやさしく、ときには悪鬼のごとく憤怒《ふんぬ》や緊張を表わすこの奇妙な国民の表情と、さらに、その深奥に蔵される精神的なもの……の美へそそがれたことだろう。

足利《あしかが》十三代将軍義輝《よしてる》を暗殺した奸臣《かんしん》松永久秀《ひさひで》は、この永禄八年七月、伴天連《バテレン》を極度に忌避《きひ》して京洛《きようらく》の地から追い出しにかかっていた。そのさなかにフロイスは宿願の京都入りを果たし、雀躍《じやくやく》する思いで洛内の寺社・名蹟《めいせき》をつぶさに鑑賞して回ったのである。

三十三間堂にひしめく千手観音像の前に陶酔し、大徳寺《だいとく》・大仏殿……はては、はるか大原《おおはら》から醍醐《だいご》寺にまで足をのばして、凝視とため息に飽くことがなかった。この異形・異教の飄客《ひようかく》をめぐるまわりの瞠目《どうもく》、ないし白眼視は想像にある。

キリスト教の使徒フロイスは、時ならぬ文化使節といえまいか。唯一の神を奉じるものの、けっして彼の精神はかたよることなく、異境・異教徒の精神や創造物の「美」に対して、心ひろい鑑賞眼と率直な感動を惜しまなかった。

あるいは、日本の教養人士や美術の玄人《くろうと》以上に具眼《ぐがん》の士といえないか。ヨーロッパ人の彼にとって、仏像や山水画との出会いは目くるめくばかりの感動であり、鮮烈な「驚異」だった。彼フロイスこそ、日本人自身はおそらく能《あた》うまい「日本の美の質と個性」の客観的評価の先覚者といえるだろう。

また、フロイスはこの国独特のふしぎな「精神のバランス」を見いだした、と思える。桜の花と氷の刃のとりあわせである。優美なものと、冷厳かつ冷酷なもの……とが奇妙に一致して、けっして不自然でない「美」を呈する……美学者であるフロイスが、こうした日本の内蔵美を、博物学者のように、身を屈《かが》め眼をこらして、求めた姿がしのばれる。

フロイスの鳶《とび》色に透《す》けた瞳が、炎上するこの夜の茨木城をどんな思いで見たかは、読者諸賢の想像にゆだねるほうが適切であろう。

歴史は「炎上」と記すだけで、それ以上、以外の詳述や潤色は毛筋ほどもない。全城郭が火の海と化したものか、本丸に炎が回ったものの天守閣はあやうく焼失を免れたものか、外郭のみが焼けたのだが本丸も煙に包まれたため、天守もついに失われたと見なして、たちまち城士一同の戦意萎《な》えて落城をみた……というところか。

そのいずれであれ、フロイスは漆黒の生地《きじ》に浮き出された「城と炎」の構図を刮目《かつもく》して鑑賞したことだろう。それは黒の漆器に浮き出した凄艶《せいえん》にして典雅な蒔《まき》絵《え》である。

「日本の城」はフロイスにとって、たぐい稀《まれ》な美の課題だったにちがいない。潤いとやさしさとの沈思的な構築物……木と土と石になる妖精《ようせい》ともいうべきか。

「茨木城炎上」をみたこの元亀二年は、酸鼻《さんび》な事柄がひしめいた年でもあった。毛利元就《もうりもとなり》・島津貴久《たかひさ》・北条氏康《うじやす》……など、おもだった群雄が相次いで世を去った。信長によって長島《ながしま》の一向一揆《いっき》は平定され、また、ソンミ村事件信長版ともいうべき例の叡山《えいざん》焼き討ちが強行された。いずれも猛炎のなかの皆殺しである。

戦雲時代

おびただしい人間関係をもった信長も、ほとほと手を焼いた人物は足利義昭《あしかがよしあき》である。倒れかかった足利幕府の屋台骨の下でうめいている自分から悪い家臣を排除し、路頭に迷いかねない窮地を救ってくれた恩も忘れて、顔が合えば「わが慈父、無二の盟友」などと感動づらをしながら、裏では武田や不逞《ふてい》宗徒をそそのかすという陰湿な謀略家である。

そこで信長は始末のわるいこの公方《くぼう》を、たえず自分の鞍《くら》の横に伴って、その義昭が陰で使嗾《しそう》する敵と戦うというありさまだった。その義昭もついに二条城にこもって露骨な反抗に出たことが命とりになる。

信長は義昭に痩《や》せ馬、みの、若干の供人だけをあたえて放逐した。ここに尊氏《たかうじ》の開府以来十五主、二百三十八年の足利幕府は幕を閉じた。

時に天正《てんしょう》元年（一五七三）。正月に甲斐《かい》（山梨県）の巨星武田信玄が逝《い》ったこともあわせて、この天正の元号こそ信長の心情では一陣の爽風《そうふう》であったろう。

天正五年、荒木《あらき》新五郎に代わって中川清秀《きよひで》が城主におさまった。中川氏の源流は桓武《かんむ》平氏である。はじめ、高山姓を称する常陸《ひたち》（茨城県）の住人だったが、重清《しげきよ》の代になって京都にのぼり、摂津《せっつ》の中川清村《きよむら》に養子入りした。

この重清は、かの荒木村重《むらしげ》の叔父であり、さらにこの重清の子が中川清秀である……といった系累説明では諸賢の頭をこんがらがらせて申しわけないが、要するに中川清秀と荒木村重は従兄弟《いとこ》の間柄である。なお、清秀の妹は古田織部《ふるたおりべ》に嫁《か》した。

このことから、あくる天正六年、村重謀反《むほん》の折、茨木城《いばらき》もそのあおりをくらうことになる。村重が主君信長に反意をいだく(?)までの経過は、いまなおミステリーの域である。

理に情がまさる、つまり、粗野で涙もろい多情多恨の性情ゆえに物事の感じ方を二転三転させがちで、けっして冷徹な思惑の型ではない……これが人口に膾炙《かいしゃ》されている村重像のようである。

だが豪胆な気性は、しばしば感情的屈折で自縛《じばく》するおそれがある。頑迷《がんめい》・意地・猜疑《さいぎ》心といった心理の鬱血《うつけつ》症状である。ふとしたきっかけで彼は主君信長の不興を買い、そのうえ忠誠を疑われている……といった疑心暗鬼にかられた、と思える。

折しも、西の毛利《もうり》と並んで、畿内《きない》北陸道のあちこちに宗徒ゲリラの挑発《ちょうはつ》が信長の脅威をつのらせる。

加えて、こうしたさいの政治生理で、信長の帷幕《いばく》のなかにもまことしやかな讒《ざん》言《げん》と風説が流れる。しょせん、居場所も隔たった主従の間である。たがいに猜疑で、誤解に誤解が積みかさなり、不信と危機感を決定的にさせた……といった経緯が臆測《おくそく》できる。

不幸なことに、足利幕府を店じまいさせた風雲児信長も、主従間の「仁」の絆《きずな》を確保する名君の器ではない。果断で、せっかちな行動家で、徹底主義……の点はジンギスカンも顔負けだが、他人を治める、とくにいちばん身近な臣下を安心して暮らさせる、人事テクノロジーは拙劣《せつれつ》だった。

保守的重臣の人柄をもってつかえた柴田勝家《しばたかついえ》や、天与の読心術でつねに幇間《ほうかん》的に信長の心証をよくした秀吉は別として、要するに信長は、臣下に真の友人を得られなかった孤高の人であろう。

村重の伊丹《いたみ》城征伐の布陣は、まったく成った。まず信長は茨木城を包囲した。清秀が義理から村重に加担すると世間並みに考えたのである。だが、信長の使者が茨木城に入って説得にかかるまでもなく、清秀は、

「清秀は信長公の股肱《ここう》と自負してござる。荒木殿まことに不憫《ふびん》。されど、大義と小義の違い。ただただ信長様をわずらわせ申したおわびをお伝えくだされたい」

と、信長の本陣の方へ向かって拝伏し、たちどころに開城したのである。両者はともに愁眉《しゅうび》をひらいた。やがて、伊丹城は落城した。当の村重は逐電し、そのあとは、のちの秀次滅亡のときそっくりの酸鼻《さんび》な後始末が展《の》べられた。

信長は礎石の一部も打ち砕いて、徹底的にとりこわさせ、そのうえ、村重の妻《さい》妾《しょう》や幼者など、婦女子数百人をことごとく斬殺《ざんさつ》した。後世の人が城跡に立っても

懐旧の感傷を催しようがないくらい、この城の末路は無残すぎた。

いっぽう、茨木城は信長公滞留の栄に浴して、将来の安泰を保証されただけでなく、清秀の子、秀政《ひでまさ》に信長の息女を賜わった。

三年後の天正十年六月二日——天下の群雄諸将の運命は、それぞれ大きく明暗を分かつ。備中《びっちゅう》（岡山県）高松で毛利勢と対峙《たいじ》中、本能《ほんのう》寺の変の悲報に接した秀吉は、その折の類稀れな難関をみごとに切り抜けた。

やがて矢のように東へ馳《は》せもどる途上、孔明《こうめい》そこのけにてきぱきと味方を確保する手をうっていった。清秀のもとにとどいた秀吉の密書は、

「信長公ご父子は、じつは無事近江《おうみ》（滋賀県）へ逃れられた。中川殿にも早々に明智《あけち》討伐の陣列に加わり給え」

とよびかけている。これこそ、余人は及ばない秀吉独特の機敏な「猿知恵《さるぢえ》」であろう。すでに清秀以下、城中すべてが信長の命をうけて羽柴《はしば》軍応援の兵馬をととのえていたところである。この茨木の地で二千二百の中川勢が、万が一にも明智方に回ることを秀吉は恐れたのだ。清秀は使者へおうむ返しに返事を託した。

「清秀は右府公の臣。子息秀政はその婿でござる。大義と親を両立させ申す」

清秀は機をみて敏に処す人物だった。本能寺の変に接したばかりの時点では、どの武将もそれぞれ、理非・義理……の分別にとまどって、とっさに去就《きよしゆう》を決しかねたと思われる。だが清秀はいち早く、この一大変事でもっとも貧乏くじを引いたものと、絶好の機会の切り札をにぎったものとをはっきり見わけたのである。清秀は精鋭を率いて西へ疾駆《しつく》し、秀吉を摂津に出迎えた。そしてすぐ秀吉とともに同じ道をとって返すことになる。運命は仮借のないものだ。本来、同じような勢力と立場で、ともにもっと西の空の下で秀吉軍へ駆けつけるべき僚軍が、いまは目ざす敵であった。

翌天正十一年正月、秀吉ははじめて茨木城に入り、清秀に手厚くもてなされた。建て前ではまだ信長の遺臣同士だが、両者の間にはおのずから主従の雰囲気《ふんいき》があった。城内に清泉があり、それで茶が点《た》てられた。秀吉はそのお服加減とともに庭木の風情《ふぜい》をたたえた。

「口も眼も濃緑で堪能《たんのう》じゃ。佐渡《さど》殿、結構な住まいを得たな」

清秀はただ畏敬《いけい》の念を覚えて頭をたれた。「居城」でなく「住まい」とさりげなく言うところに、まだ壮気凜々《りんりん》たる四十代ながら、苦労人秀吉の顔がのぞいている。それとともに清秀が感じたのは、すでに身についた羽柴筑前守《ちくぜんのかみ》の天下人の威厳であったろう。

清秀はこの「安住」もそれから二か月足らずしか満喫できなかった。三月、羽柴・柴田の両軍が激突した北近江賤《しず》ヶ岳《たけ》の合戦で、羽柴方の一翼として出陣した清秀は、弟重継《しげつぐ》以下郎党《ろうとう》もろとも討死を遂げたからである。

茨木城はとりあえず子の秀政《ひでまさ》が守備したが、やがて、秀吉が関白になった天正十三年、秀政が播州《ばんしゅう》(兵庫県)へ移封されたことで、中川氏の名は城史から退場する。このあと、太閤《たいこう》秀吉の黄金時代を経て関ヶ原合戦が終わるまで十六年間、城主を安威氏、ついで、川尻《かわじり》氏がつとめる。

片桐且元

片桐且元《かたぎりかつもと》（はじめ直盛）は少年のころより秀吉につかえ、この主君のもとで多年歴戦に明け暮れてきた。とくに賤《しず》ヶ岳《たけ》合戦では七本槍《やり》（正しくは八本槍）の一雄として有名である。

関ヶ原合戦の翌年、且元は茨木城《いばらきき》を託された。彼が事実上の最後の城主となる。もっとも、実務は弟の貞隆《さだたか》が差配《さはい》した。というのは、彼はこの城の守備よりもはるかに重い使命をになっていたからである。

旭日《きよくじつ》の心地で秀吉に従って戦いつづけた彼はまた、後半生をひたすら主君の遺託に応えるのにささげた、といえる。死の床から秀吉は、且元に秀頼《ひでより》を常時傅《まも》ることを懇請したのである。このため、茨木城が居城でありながら、且元は大坂城にもっぱら詰めていた。

彼ぐらい典型的な太閤《たいこう》恩顧の臣と見なされた武将はいまい。この客観評価が彼を悲将に仕立てあげたのである。

まず彼が心を砕いたのは、家康に対して、秀頼の立場を弁護することだった。関ヶ原合戦に関しては、秀頼はなんらあずかり知らず、祖父である家康公に対しては、夢にも二心がないむねを何度も血書して送った。

これが効を奏したのか、家康は関ヶ原の責任を秀頼に問うようすもなかった……だが、このあと、当の且元自身は身心をすりへらす受難の月日に甘んじる。それは、どちらも負けずに気丈な妻と母との板ばさみに苦悩する気弱な夫の位置にたとえられる。

戦場の血沫《ちしぶき》とほこりを浴びつづけたかつての猛将も、政略の暗闘の渦中《かちゅう》では、ただわが身をにえに供するばかりだった。関東側からは、大坂城（淀《よど》君と秀頼）に偏重して、徳川に対して不遜《ふそん》なりとたえず叱責《しっせき》と恫喝《どうかつ》をくらい、いっぽう、大坂側、とりわけ淀君からは、徳川に媚《こ》びて秀頼を故太閤の一旧臣家康の前にひざまずかせる不忠、亡恩の臣、いや、白昼堂々たる内通者じゃわいな……と、鬱憤《うっぷん》を盛ったいや味を浴びせられるありさまだった。ボールが深い穴にはまり込んだように、どうにも退《ひ》くに退けない且元の立場だった。両方からつぶてを投げつけられるのである。いわば、且元は、関東方にも大坂方にも籍はなかった。

それでも以後何年間も、槍の穂を掌《てのひら》にうけとめるがごとく、家康の糾問《きゅうもん》と叱責の前に神妙に釈明し、叩頭《こうとう》して請願をこころみ、いっぽう、淀君をなだめつづけたのである。おそらく、且元にすれば、淀君のほうが家康以上に難物だっただろう。

なお容色艶《あで》やかで気丈なこの佳人には、悪女よりも驕女《きょうじょ》の熟語がぴったりである。伯父《おじ》(信長)に父を討たれ、母とふたりの姉妹ともども山城を逃れ下る童女の彼女……ふたたび同じ憂き目にあい、義父(勝家《かついえ》)と母を殺した男にまもなく身をまかせる……という数奇なヒロインは、それ相応の苦労人でもある。

だが、彼女には誇りと気丈な気性が過剰すぎた。それに、「豊家恩顧」のスローガンにもたれすぎた。それがしだいに豊家功臣まで疑心暗鬼に陥らせ、ためらわせ、いっぽう、家康の憎悪《ぞうお》といらだちをつのらせた。この間にも彼女は無為無策のまま、大坂城にあってとり澄ますだけだった。

豊家の悲劇の因《もと》のひとつに、彼女が家康に対して現実的に身構えなかったこと、つまり、またと得がたい味方をどしどし敵に回すほど政治的に拙なかったことがあげられよう。

悲将片桐且元像をいちだんと浮き上がらせるのが、「いいがかりの史劇」ともいうべき、かの方広寺《ほうこうじ》鐘銘《しょうめい》事件である。秀吉が創建した京都東山七条の方広寺は、その晩年の大地震で大破したままにおかれていた。家康は「故太閤への孝徳をいたされ」と、秀頼に再興をすすめた。

この造作奉行《ぞうさぶぎょう》にあたったのが且元である。これによって家康は故太閤追善の心根を世に示すだけでなく、大坂方の財力を切り崩す……一石二鳥の効果を算段したのだが、思いがけなくこの鐘銘の件をおとなげない検事のようにきめつけることで、三鳥をせしめられたのである。

家康は殺すまえに、いけにえに墓穴を掘らせたのだ。「国家安康」「君臣豊楽」

「子孫殷昌《いんしょう》」……これら運命の銘を刻んだこの名鐘は、非常用の金分銅を大坂城内から引き出して改鋳させた代物《しろもの》なのだ。この事件で、世人は家康に悪魔の評をあたえる。

地元にあるため、これまで筆者は方広寺をしばしば訪れて、問題の釣鐘《つりがね》をながめたものである。鐘面をおおう文字の渦《うず》のなかで「国家安康」の銘の箇所は色を塗って明示してあるのだが、どうしたものか、回をかさねて拝観しても、毎回見つけ出すのに苦労する。それは意外に小さく、樹海のなかの一枝ともいうべき無数のなかの変哲もない一句にすぎない。

偶然眼にとまったとすれば別だが、当時、これを摘発して徳川へ忠勤づらを示した人間の小まめさは、まさに博物学者のものであろう。また、これを豊家滅亡の導火線に資した家康のヒステリックなあせりを思うとき、思わずぞっとする。

太閤亡きあと、家康の真の対抗相手は淀君だったともいえる。政治的にも、機略・深謀のうえでも、すこぶる拙劣《せつれつ》だが、彼女がただ大坂城内にあるだけで家康に脅威をあたえ、その時々の強引な行動をはばからせた。

幼少より居所を転々とし、居候や人質の寒々しさを味わい、つぎつぎに肉親との別離を強いられる。……こうした安寧とは無縁な遍歴でふたりは相似している。ふたりとも、みずからのうちに培《つちか》ったのは、どうにも抜きがたい人間不信の思想であった。

顧みると家康の来《こ》し方は、忍んで待つことに終始したようなものである。まず今川家で質子の境涯《きょうがい》に耐え、三河《みかわ》(愛知県)一国を領しても、武田の脅威の前に生きのびるため、わが子を殺してまで信長との友誼《ゆうぎ》を保つほかなかった。ついで、じつにながい歳月の間、秀吉の前に静粛を求められる。

そしていま、七十も半ば近い彼は、太閤遺託の誓文があるからといって、半世紀以上若い孫の秀頼に対してはもう金輪際《こんりんざい》待てなかったのである。

この鐘銘事件によって、且元は大坂城から石うたれる体《てい》で放逐された。淀君は「忘恩の裏切り者」と眦《まなじり》をつり上げて面罵《めんば》した。且元がすんでに首をはねられるところを、まわりの重臣が必死にとりなして、城外への退去をすすめたのである。

且元父子はいったん茨木城にこもって軍備をかためた。淀君が差し向けるとみられる討手にそなえるためである。甲冑《かっちゅう》をつけながら、且元は、

「豊家のためじゃ」

と、嗚咽《おえつ》まじりにしきりにつぶやいた。まもなく、且元は城を去って江戸へ向かう。もはや、大坂城の誤解と白眼視にはばかっていられる段階ではなかった。内通者、ふたまた者と万人が憎悪《ぞうお》しようが、家康の近くにあって請願をつづけ、大坂城がいっきょにたたきつぶされる事態だけは避けなければならない。

家康は、自分とまったく異なる立場と人柄の且元に、武人として心を動かされたらしく、邸《やしき》と禄をあたえた。東西間にいちおうの和議が成って世人が小康を覚えたころ、且元は住まいを駿府《すんぷ》（静岡県）に移したが、ほどなく病を得て大和《やまと》（奈良県）の竜田《たつた》にひきこもった。晩秋には紅葉と柿の実が山野を渋くいろどる静閑の地である。

と思う間もなく、この年、元和《げんな》元年（一六一五）五月二十八日、病床の且元は、大坂の方へひれ伏す姿勢で自刃を遂げた。悲将は豊家に殉じたのである。もっとも、

大坂落城をみたいま、この衷情を淀君母子に伝えるすべもなかった。

萩城

福田善之

ふくだ・よしゆき

1931年～。劇作家で演出家。「壁の中の妖精」で紀伊国屋演劇賞受賞。「真田風雲録」「オッペケペ」など。

萩城砲撃

元治《げんじ》二年（一八六五）、のちに慶応《けいおう》と改元するこの年の正月、萩湾《はぎ》にはいんいんと砲声がとどろいた。

湾内には、藩の軍艦癸亥丸《きがい》が姿を浮かべている。艦砲は明らかにその筒先を、指月山《しづき》頂の、萩城詰丸の櫓口《やぐら》に向けていると見えた。

砲門から赤い火がひらめき、白煙が噴出する。じつは、すべて空砲だったのだが、威嚇のためには十分に有効だった。

――あれは、晋作《しんさく》がやらせている。

高杉《たかすぎ》晋作の父、小忠太《こちゅうた》には、考えられない事態だった。かりにもお城に向けて、砲の筒先を向ける。殿さまに刃を向けるのも同様の、いやそれ以上の狂行にちがいなかった。

彼の子晋作は、前年の暮れ、十二月十五日に、八十人ばかりの兵を率いて長府《ちようふ》に武装蜂起《ほうき》、新地会所を襲撃、ついで十八人を連れて三田尻《みたじり》へ赴き、碇泊《ていはく》中の長州藩軍艦三隻を乗っとった。その一隻が、癸亥丸である。驚愕《きようがく》した藩政府は、ただちに藩主の名で、晋作らに追討令を発した。すなわち、小忠太の子晋作らは、すでにして主君に弓を引き刃を向ける反乱軍、謀反《むほん》人であった。

実直一途《いちず》の御直目付《めつけ》、五十一歳の高杉小忠太とその妻の道《みち》、そして晋作の妻の雅子《まさこ》（一説に、方《まさ》）らにとって、暗い暮れであり正月だったろうことは、まちがいない。雅子は、前年の秋、十月五日に生まれたばかりの乳飲み子を抱いている。東一と名づけられていた。

――あの人は、やはり、狂人。

砲声に脅《おび》えながら、雅子は、そう思い込むしかなかったかもしれない。

蜂起した晋作らが八十人ばかりだったのは、わずか一日だけだった。下関での募兵に即座に応じたもの百二十人。以後ぞくぞくと来たり投じるものがふえ、奇兵《き》隊《へい》はじめ諸隊も、ついに動いた。

正月六日、山県狂介《やまがたきようすけ》指揮の奇兵隊は絵堂で藩政府軍と戦端をひらき、酷寒のなか、熾烈《しれつ》な戦闘がつづいたが、同七日から八日にかけて、有力な庄屋《しようや》・豪農層が動き出し、同盟を結んで反乱軍支援を明確にした。政府軍は敗走に敗走をかさね、ついに萩へ逃げ帰ったのが二十六日。そして二十八日に、癸亥丸が萩湾に姿を現わしたのである。

威嚇の空砲の効果は決定的だった。まさかほんとうにお城を砲撃することはあるまい、とは、城の人びとは考えなかったのである。

——やつらのことだ。なにをするかわからない。

慶長《けいちよう》のむかし、大坂冬の陣において淀君《よどぎみ》らに和睦《わぼく》を決意させたのが、関東勢の天守閣砲撃だったというが、癸亥丸の空砲で、たちまち藩主父子の態度は決した。俗論党とよばれる当時の藩政府構成員たちの多くが解職されたのは、その二十八日のうちのことである。

反乱軍の総大将高杉晋作は、しかし新政府の中心人物であろうとはしなかった。ただちに洋行をくわだてたなどの事情は省く。人は艱難《かんなん》はともにすべきも富貴をともにすべからず、と名文句好きの彼のことだから放言したかもしれないが、なによりも彼の意識は、とっくに長州藩などを超えていた。

晋作もお城を見ながら育った。萩城は阿武《あぶ》川とその支流と海とにはさまれた小さな半島の突端、指月山にある。南麓《ろく》に本丸・二の丸・三の丸。そして山頂には詰丸。本丸には四層五重の白く美しい天守閣がそびえていた。おおむね城に近いほど大身のものが住んでいた。今日も堀之内《ほりのうち》とよばれるあたりには三の丸。高杉家はむろんそのだいぶ外で、菊屋横丁。ここに晋作は生まれた。高杉小忠太は「毛利《もうり》家分限帳」によれば二百石だが、萩藩の家臣団の生活は、総体としてきびしいものだった。

萩の郷土博物館のかたがたに教わった計算によると、まず四公六民として、二百石のうち八十石が高杉家に入る。つぎに馳走米《ちそうまい》として、そのなかから何割か藩に入れる。最高は半馳走だから、実収四十石になってしまう。御直目付の高杉家でもこのとおり。

城を離れていくとしだいに小身のものの家宅になる。萩は橋本川と松本川の間のデルタにできた町だが、その松本川を越え、ずっと山にのぼると、松下村塾《しょうかそんじゅく》がある。

松本村の松下村塾から、むろんお城はよく見える。もっと山をのぼると、吉田松陰《しょういん》の生家があった。真っ向から城を見て育った吉田松陰は、「猛士」と号し「狂挙」をとなえた。その若い晩年に「政府を相手にしたが一生のあやまりなり」「おそれながら、天朝も幕府、わが藩もいらぬ」と書きしるした。

では、なにが必要か、なにに依《よ》るか。松陰はそれを「草莽崛起《そうもうくっき》」とした。

「草莽」とは、くさはら、くらむら、転じて在野の人びとをいうと辞書は教えるが、その内容は、松陰の弟子たちによっていくつか異なるとらえかたをされた。ひと口にいって、久坂玄瑞《くさかげんずい》は、全国の志士の横断的結合をはかり、「草莽の志士糾合義挙《きゅうごうぎきょ》のほかにはとても策これなきこと」ととなえ、その部分的実現をみたのみで、蛤《はまぐり》御門に憤死した。

高杉晋作は「志士」なるものに信をおかないタイプの人間だった。彼は防長二国（山口県）に「大割拠」するととなえた。

晋作は藩にこだわっている、と、松下村塾の仲間たちから、彼は攻撃されたにちがいない。

——やつは、御直目付の倅《せがれ》じゃけ。

そういう声が、当然、耳に入っている。それに対する回答を、彼はやがて行動で示した。

文久《ぶんきゅう》三年（一八六三）、「奇兵隊」の結成である。彼にとっての「防長二国」とは、藩でなく、武士たちでなかった。彼は防長二国の民衆たちに依拠しようとした。それが彼の「草莽」だった。

奇兵隊につづいて、ぞくぞくと諸隊の結成があった。久坂・高杉らとならんで松門の四天王とよばれたひとり、吉田稔麿《としまろ》は、士農工商の四民の外に差別された人びとを「屠勇隊《とゆう》」として組織した。

奇兵隊結成当初から、上士の子弟からなる「選鋒隊《せんぽう》」の面々は、彼らを敵視した。百姓・町人・やくざものたちまでが刀をたばさみ銃を手にするなどとは、世《せい》禄《ろく》の臣たちに対する重大な侮辱だと理解された（彼らと奇兵隊士との衝突は、高杉を奇兵隊総督の位置から追うことになったが、高杉は「奇兵隊初代総督」の名のりを最後までもっとも誇りにした)。

選鋒隊士たちに代表されるエリートたちは、「城の外の人びと」の力を知らなかったといえるだろう。「城の外」の草莽たちは、着実に力をつけていた。だから、高杉のよびかけに応じ、すぐれた組織力と戦闘力を発揮することができた。城の外の草莽たちは、藩政府に弓を引くことの恐ろしさからも解放されて、政府軍をうち破り、萩へ向かって進軍した。「城の人びと」は屈服した。

望まれざる地

長州藩の本城が、北の萩《はぎ》でなかったなら、長州の歴史も、幕末の日本史も、かなり様相を異にしたものになったかもしれない。防長二国を見わたして、日本海に面した萩はあまりに不便である。

いっぽう、瀬戸内海に面した地方は、比較的早くから一定のブルジョア的発展を遂げていた。天保《てんぽう》の大一揆《いっき》も、瀬戸内地帯から発した。

なぜ、長州藩の本拠が萩であったか。それはむろん徳川《とくがわ》幕府の命令による。毛《もう》利輝元《りてるもと》が慶長《けいちょう》五年（一六〇〇）、関ヶ原の戦いで西軍の総大将として大坂城に入城したことが、そもそもの原因である。

安芸《あき》国（広島県）を本拠とする毛利氏は、元就《もとなり》の代にみるみる頭角を現わし、戦国乱世のさなか、大内《おおうち》・尼子《あまこ》の旧領をあわせて中国地方の大部分をおさめ、さらに天下を望まんとする勢いにさえみえた。

元就の孫輝元は豊臣《とよとみ》の五大老のひとりとして、なお安芸《あき》・周防《すおう》（山口県）・長門《ながと》（同）・石見《いわみ》（島根県）・出雲《いずも》（同）・隠岐《おき》（同）・備後《びんご》（広島県）・伯耆《ほうき》（鳥取県）の八か国、計百十二万石の大々名だった。

しかし、関ヶ原は西軍の敗北となった。その敗因が、一族小早川秀秋《こばやかわひであき》の東軍への内応にあったとされている。秀秋は元就と血縁はない。豊臣秀吉《ひでよし》の正室の兄木《きの》下家定《したいえさだ》の子だ。はじめ秀吉の養子となり、ついで毛利元就の三男、小早川隆景《たかかげ》の養子となった。関ヶ原の裏切りの功によって秀秋は備前《びぜん》・備中《びっちゅう》・美作《みまさか》（ともに岡山県）の五十万石に封ぜられた。

が、毛利本家の輝元のほうは、本人が戦場へ出向いたわけではないが、かりにも西軍の総帥だ。百十二万石から二十九万八千余石に急降下、広島城をかつての秀吉のお小姓福島正則《ふくしままさのり》に明け渡し、長門・周防二か国の主となった。これが長州藩である。

輝元は、築城の候補地として山口の鴻峰《こうのみね》、防府の桑山《くわのやま》、そして萩の指月《しづき》山をえらんで、幕府の意向を問うた。幕府は、なかでももっとも不便な萩にせよと指定してきたわけである。毛利家としては山口か防府に指定してほしいとだいぶ運動したようだが、ついに幕府は聞きいれなかった。

そもそも関ヶ原開戦前夜、毛利家内部には主戦派と和平派があり、和平派は家《いえ》康《やす》の寵臣《ちょうしん》本多忠勝《ほんだただかつ》・井伊直政《いいなおまさ》らと話をつけ、毛利家本領安堵《あんど》の誓書《せいしょ》をとっていた。主戦派の毛利秀元《ひでもと》も、出陣はしたが、一戦も交えることはなかった。これらの事情から、毛利家家臣団にとって防長二国移封は大ショックだったわけだが、徳川にしてみれば、幕藩体制を築きあげるための当然の布石で、戦争前の誓書など問題ではなかった。毛利家のかわりに広島に入った秀吉子飼いの猛将福島正則は、やがて広島城修築を理由にあっさり所領を没収されてしまう。

こうした場合いつものことだが、膨大な家臣団をどう処置するかが問題になる。毛利家は一部家臣を去らしめ、なお平均八〇パーセントに及ぶ知行高《ちぎょうだか》の削減をするなどの対策をとった。これが関ヶ原の翌年、慶長六年。

もうひとつ、しんどい問題があった。毛利家は関ヶ原の年、それまで領有していた八か国から、当年度の租米をすでに徴収していた。敗戦後、自領でなくなった六か国に対しては、それらの新領主に対して、それを返さなければならない。

つまり、長州藩は最初から深刻な財政危機にあった。六か国への返租が慶長七年になんとかすむと、こんどは城をつくらねばならない。工事がはじまったのが慶長九年の六月一日。

当時の萩の三角州地帯は、潮が入り込む湿地で、指月山も陸つづきではなかったらしい。埋め立てからはじまる難工事だったようだが、かつて広島での築城の経験が役に立った。広島城もデルタ地帯の築城だった。

翌十年、築城工事にかかわる難事件がおきた。事のおこりは、石垣建築用の二千百荷の石が盗まれたことだが、盗まれたほうの現場は天野元信《あまのもとのぶ》の分担、盗んだのは、益田元祥《ますだもとよし》・景祥《かげよし》父子の使っている人夫だったことから、事件の処理をめぐって、家臣同士の対立になっていった。

この益田家は幕末まで永代家老。禁門の変に兵六百を率いて上京、その責任をとって福原越後《ふくはらえちご》・国司信濃《くにししなの》とともに自刃した益田右衛門介《うえもんのすけ》は直系の子孫である。かつて大々名の裕福な家臣であったものが、一転して苦しい生活になっている。しかし誇りは忘れていない。窮境を一致団結して打開にあたるべきときだし、事実、総体として、毛利家臣団はよく団結し、よく耐えたといえるようだ。が、同時に、些細《ささい》なきっかけから、感情的な対立がはじまり、それがエスカレートする場合もあるのは、やむをえない。この場合、天野元信の側に、舅《しゅうと》の熊谷元直《くまがいもとなお》が加担した。元直は、かの熊谷次郎直実《なおざね》の子孫にあたる家柄で、かつては毛利家と同盟関係、やがて臣従して重臣となった人物。その高い誇りが、わざわいしたともいえるようだ。

家臣団が分裂しかねない騒ぎとなり、築城工事も停頓《ていとん》する。ついに輝元は、熊谷元直・天野元信の側を処刑した。元直はキリシタンだったので自刃を拒み、斬《ざん》首《しゅ》された。「毛利氏史要年表」の簡単な記載では、慶長十年七月三日の項に「熊谷党誅伐《ちゅうばつ》」として、

「熊谷豊前守《ぶぜんのかみ》元直天野元信（以下人名略）等屢々《しばしば》輝元父子ノ命ニ悖《もと》ル専恣《せんし》邪略アリシヲ以《もっ》テ終《つい》ニ誅伐セラル某書ニハ異教信仰ニ因《よ》ルト云《い》フ」

この前年の十一月十一日、輝元は、まだろくにできていない萩城に住みはじめているが、城の完成は、慶長十三年の六月になった。

毛利輝元はすでに慶長四年から藩主を長子秀就《ひでなり》に譲っていたので長州藩主の初代は秀就になるが、以後、十四代の元徳《もとのり》まで、二百七十年余にわたってこの城に住んだ。正確には、文久《ぶんきゅう》三年（一八六三）、十三代目の敬親《たかちか》（慶親《よしちか》）が山口に移り、以後、萩と山口の間を藩政府の所在が移動する。そのことの意味はあとに述べる

（十四代目の元徳が敬親隠居によって家督を継いだのは明治二年六月四日で、同じ月の十七日には、版籍奉還によって元徳は山口藩知事になった。わずか十三日間の長州藩主だったわけだ）。

慶長十五年、藩内の総検地が行なわれた。それによると、実高五十三万九千二百八十六石七斗八升五合を得たという。前出の「史要年表」では「然《しか》レトモ閣老本多正純《ほんだまさずみ》の議ヲ容《い》レテ公称ヲ三十六万九千四百十一石三斗一升五合トス」とある。本多正純との闇《やみ》取り引きか。

「年表」はつづいて「後開作等ノ為《ため》其本高増加シ天保《てんぽう》十二年ニハ七十一万二千三百二十五石余トナル」「但《ただ》シ三支藩及ヒ吉川《きっかわ》氏ハ此《これ》以外ナリ」としるす。たいしたものだ、といっていいだろう。

七代重就《しげなり》は宝暦《ほうれき》の改革によって新田開発や港湾の拡大、塩田などの産業開発を督励した。天保二年（一八三一）の大一揆《いっき》がきっかけとなって村田清風《むらたせいふう》による天保の改革が断行され、やがてその系列の周布政之助《すふまさのすけ》による安政《あんせい》の改革があり、長州はくり返し財政の困難に悩みながら、かなりよく健闘し、幕末の雄藩となりえたのだが、この改革を担ったのは代々の老臣たちではなく、いわば中級の家臣たちである。この「改革派」家臣のなかから、ふたつの流れが浮かびあがる。村田派と坪井九右衛門《つぼいきゅうえもん》派である。村田のあとは周布が継ぎ、坪井派の中心には椋梨藤太《むくなしとうた》がなった。

前者を「正義派」、後者を「俗論派」と通称するが、そしてこうよんでしまうと、いかにも善玉・悪玉の対立めいてくるが、むろんそういったものではない。むしろ同じ貨幣の表と裏といったおもむきもある。天保改革にしても、村田が思いきった手を打ったあと、そこで当然生ずる無理や亀裂、領民諸階層の不満や悲鳴を、坪井が「人心を失わざるをもって主とす」といった温和策でなだめる必要があったようだ。強引な手術のあとには、患者を安静にさせ体力をつけさせねばならない。

しかし、それにしても、しだいに両派は人脈上対立し、その対立は思想的にもエスカレートする。

村田派の首領となった周布政之助は、吉田松陰《しょういん》とも親交があり、松門の若者たちを庇護《ひご》した。幕末の政情不安とともに、松下村塾《しょうかそんじゅく》をあれは放火村塾じゃと罵《ののし》る意見は、坪井・椋梨派のものとなってくる。俗論派のなかにも松陰の学問や人間に好感をもっている人間だっていたにちがいないが、事の急速な進行のなかでは、そういうことはたいした意味をもたなくなる。

文久元年（一八六一）から二年にかけて、長州の藩論は直目付《じきめつけ》長井雅楽《ながいうた》の「航海遠略策」だった。尊王にして開国、そして公武合体、といった内容のものだったが、久坂玄瑞《くさかげんずい》を中心とする反対論が猛烈にまきおこり、客観情勢の変化もあって長井は失脚、長州の藩論は攘夷《じょうい》に定まる。

その流れのなかで、文久三年、藩主敬親は山口に移る。藩政府の所在地は萩から山口に転じたわけで、長州藩二百数十年の歴史のなかで最初のことだった。

つまり、これは長州藩の自信を示していた。幕府をすでに呑《の》んでかかっている。幕府の意向をかえりみず、みずからの意志によって居城を移転する。そこは藩祖輝元が第一候補地としてえらんだ鴻峰を背に負った地点であった。

萩と山口と

「萩《はぎ》城ハ地僻《へき》ニシテ要害ニ乏シク緩急ノ際封内四方ニ号令ノ便ヲ次クヲ以《もっ》テ居ヲ山口ニ移シ防長政治軍防ノ中心ト為《な》ス」と「史要年表」はいう。この「山口移鎮」が文久《ぶんきゆう》三年（一八六三）の四月十六日。

この年の正月末、京の東山翠紅館《すいこうかん》に、諸藩の尊攘《そんじよう》派志士たちの会合があった。オルガナイザーは久坂玄瑞《くさかげんずい》で、彼の「全国志士の横断的結合」路線が、部分的にではあれ実現しはじめていた。これに、長州藩の世子毛利《もうり》定広《さだひろ》（元徳《もとのり》・広封《ひろくに》）が出席している。

三月はじめには将軍家茂《いえもち》が上洛《じようらく》し、十一日には孝明《こうめい》天皇の「攘夷《じようい》祈願」加茂《かも》行幸《ぎようこう》に供奉《ぐぶ》した。民衆は天皇とそれに従う将軍の姿を見た。むろん、徳川《とくがわ》幕府はじまって以来の事件だが、これに定広が士卒を率いて先導、供奉した。四月十一日には「外夷《がいい》親征の基礎」として石清水八幡《いわしみずはちまん》に行幸。これには将軍は病と称し従わなかったが、定広は供奉している。

幕府はついにやむをえず、攘夷の断行の期日を五月十日とする勅令を天下に布告した。――このはげしい潮流のなかで山口移鎮は行なわれた。長州藩にとって攘夷とは、まず馬関《ばかん》（下関）海峡を通行する外艦を攻撃することである。

また、この年のはじめから夏にかけて、入江九一《いりえきゅういち》・山県狂介《やまがたきょうすけ》（有朋《ありとも》）・品川弥次《しながわやじ》郎《ろう》・伊藤俊輔《いとうしゅんすけ》（博文《ひろぶみ》）・赤根武人《あかねたけと》・吉田稔麿《よしだとしまろ》ら松下村塾《しょうかそんじゅく》系の軽輩あるいは陪臣が士列に昇格。商人白石正一郎《しらいししょういちろう》も士分となり、いっぽう二月に長井雅楽《ながいうた》が切腹している。

五月から六月にかけて、馬関で外艦に砲撃。五月中はよかったが、六月に入ると米艦ついで仏艦の逆襲に、さんざんな目にあう。フランス陸戦隊は上陸して前田砲台を破壊したが、このとき譜代の長門《ながと》武士たちが、敵にうしろを見せて逃げ散った。そのさまを民衆が見てしまった。「周布政之助《すふまさのすけ》事蹟《じせき》控」にいわく、

「町人百姓マデガ、武士ト申ス者ハアノ様ニ弱リテ役ニ立タヌモノカト皆々

大イニ歯ガミ致シ候由」

ここで高杉晋作《たかすぎしんさく》の奇兵《きへい》隊結成となる。身分にかかわらず、もっぱら力量を重んずる有志の隊である。これが師松陰《しょういん》の残した「草莽崛起《そうもうくっき》」に対する高杉の回答だったことはすでに述べた。萩の松本村に、お城と向かい合って閉居していた晋作は、敗報に急遽《きゅうきょ》よび出されて、下関へ走り、お城を遠く離れた下関に彼の「草莽」を結集した。武士の弱さに「大イニ歯ガミ」していた腕自慢、力自慢、喧嘩《けんか》ずきの乱暴者をはじめ、ぞくぞくと来た。正規軍からの脱走者も加わった。また意識的に引き抜きもしたようである。

さまざまのものが、強引に、ごちゃまぜになっていたから奇兵隊は強かったのだ、とわたしは思う。それは隊員の構成についても、参加した各人の胸のなかについてもいえることだろう。奇兵隊につづいてぞくぞくと結成される諸隊の、農民・町人・猟師・漁師・力士・山伏・修験僧《しゅげんそう》・坑夫たちのほとんどは、萩にそびえ立つお城を見たこともなかったにちがいない。

八月になると、京都の朝廷内で中川宮《なかがわのみや》と薩摩《さつま》・会津《あいづ》の結託によるクーデターがおき、長州藩は堺《さかい》町御門の警衛の任を解かれ、参内を禁じられた三条実美《さんじょうさねとみ》ら七人の急進派公卿《くぎょう》とともに藩兵は長州へもどる。「七卿落ち」の「八・一八政変」である。久留米《くるめ》の真木和泉《まきいずみ》ら、諸国の尊攘《そんじょう》・急進派志士・浪士たちも行をともにするのが多かった。

一夜にして情勢は逆転、長州は中央に対する影響力をまったく失った。こうなると、藩内でも保守派が台頭する。俗論党の中心人物、椋梨藤太《むくなしとうた》は、萩で自派の結束をかため、同志とともに山口の政事堂を訪れて藩主敬親《たかちか》に会い、周布政之助・毛利登人《もうりのぼる》・前田孫右衛門《まえだまごえもん》の罷免を要求した。事態の責任を、彼ら三人の正義派とされる重役たちにとらせようというわけである。

つづいて萩の若い武士たちが、ぞくぞくと山口へ来た。要求がとおらねば覚悟があると脅かす。「城の人びと」の攻勢である。敬親・定広父子は困惑、九月一日に俗論党の要求をとおして三重役を罷免。

そうなれば、高杉たちがまき返しにかかる。藩主父子はまた動揺して、九日にはまた周布たちを復職させる。正義派はさらに押しまくり、椋梨らを隠居、坪井《つぼい》九右衛門《きゅうえもん》を切腹に追い込む。俗論党対正義派の争いは、萩の「城の人びと」と下関・小郡《おごおり》などを拠点の瀬戸内地帯をバックにする勢力との対立、という側面をもちはじめた。この時点ではなお藩主たちは山口にいる。

高杉・久坂ら松門系の面々も政務座役など要職につき、正義派政権はかたまったようにみえた。が、こうなると、むちゃなまでの急進論がまきおこった。七卿が事態挽回《ばんかい》に京へ上るから奇兵隊を貸せといいだし、我慢しきれない沢宣嘉《さわのぶよし》は但馬《たじま》(兵庫県)の生野《いくの》に兵を挙げるべく河上弥市《かわかみやいち》ら奇兵隊の一部ととび出して行く。大和《やまと》挙兵に失敗した天誅《てんちゅう》組の残党は長州へ来て、諸国脱藩の浪士たちと熱血漢来島又兵衛《きじままたべえ》をかついで遊撃《ゆうげき》隊をつくり、この来島が、もっとも強硬に「進発論」をとなえた。京へ大軍をもって進発し、いっきょに主導権をとり返し恥をすすごうという。

周布も高杉も、京の久坂も桂小五郎《かつらこごろう》も無謀な進発に反対だった。しかし翌元治《げんじ》元年(一八六四)六月の池田屋事件が口火となってしまった。三大夫とよばれた家老、福原越後《ふくはらえちご》・国司信濃《くにししなの》・益田右衛門介《ますだうえもんのすけ》らが大兵を率いてぞくぞくと京へ向かい、ついに禁門の変となる。

大敗戦である。みずからの路線に殉じて久坂玄瑞は死に、入江九一《いりえきゅういち》・寺島忠三郎《てらしまちゅうざぶろう》、そして来島又兵衛らの命も失われ、桂小五郎は姿を隠した。これが七月十九日。追いかけるように八月一日、幕府は征長令を発した。

同月の五日と六日、四か国連合艦隊は馬関《ばかん》(下関)を砲撃。長州は最大の危機に直面する。

いわば前門の虎《とら》たる連合艦隊とは、高杉と、イギリス帰りの井上聞多《いのうえもんた》・伊藤俊輔らがなんとか和議をまとめた。このあたりでは正義派重役前田孫右衛門・毛利登人らの態度もかなりだらしない。藩主父子同様に、おろおろしていたようだ。

後門の狼《おおかみ》、幕府の征長軍が、やがてやって来る。どうすればいい。謝罪恭順か、武備恭順か。当然ながら、俗論党が登場する。

井上聞多は襲撃されて重傷を負い、周布政之助は自刃、高杉は逃げた。

政権をにぎった椋梨藤太・中川宇右衛門《なかがわうえもん》らは、前政府のメンバーに対して容赦なく報復する。前田孫右衛門・毛利登人以下、すべて罷免され、のちに斬首《ざんしゅ》された。

そして藩政府は萩に帰る。敬親・定広も山口を捨て、ふたたび萩城の人となった。幕府に対し謹慎の意を表する意味もあったが、俗論党の基盤はあくまで萩であり、彼らの行動原理はあくまで長州の毛利家の社稷《しやしょく》を保つこと、その象徴こそが指月山にそびえるお城だった。

いっぽう、正義派をささえた重要な柱のひとつは、瀬戸内地帯の相対的に進歩的な豪商・庄屋《しょうや》層である。下関の海運業者白石正一郎《しらいししょういちろう》は、諸藩志士に隠れ家を提供し、また高杉らを後援してついに家産を失いまでしたこと、山口の大庄屋吉《よし》富藤兵衛《とみとうべえ》が周布と親しかったことなどはよく知られている。周布は吉富の家で死に、高杉は白石家で奇兵隊を出発させた。そして奇兵隊はじめ諸隊の内容をつくりあげたのは、瀬戸内の、ある程度ブルジョア的発展を遂げた地帯の農・漁・町民である。

つまり、正義派政権のとき山口に進出し、俗論党政府になると萩へ帰る、ということになる。

捨てられた故郷

こんどばかりは、まき返しがないように見えた。同じ元治《げんじ》元年（一八六四）の十月二十一日には、萩《はぎ》の藩政府から諸隊解散令が出た。十一月一日、征長総督尾張慶勝《おわりよしかつ》は大坂を発し、十六日、広島に入る。十八日に長州藩は自刃させた益田《ますだ》・福原《ふくはら》・国司《くにし》三家老の首を広島の幕軍にとどけている。

この情況下、九州に逃げていた高杉《たかすぎ》は馬関《ばかん》に帰り、長府の修善寺《しゆぜんじ》に諸隊幹部を召集した。武装蜂起《ほうき》による藩政府打倒をよびかけたが、だれも賛成しない。なにしろ、反乱をおこそうというのだ。

時期尚早《しようそう》をとなえるのもいる。また、大義名分がない、せめて五卿《きよう》警護の名目を、という論も出た。

このときの奇兵《きへい》隊総督赤根武人《あかねたけと》は萩の政府と妥協をはかり、接触をつづけていた。当然、反対の急先鋒《せんぽう》となる。

「どん百姓ッ！」

晋作《しんさく》は、赤根にどなりつけた。

赤根は、大島郡の医者の息子である。家老浦靱負《うらゆきえ》の臣、つまり陪臣の身から藩士に昇格したのは文久《ぶんきゅう》三年（一八六三）だが、早くから中央に出て学び、梅田雲浜《うめだうんぴん》とも識《し》っていて、志士としての活動歴は古い。松陰《しょういん》門下で、年は高杉と同年である。そういういわばキャリアのあるインテリを、晋作は「どん百姓」と罵《ののし》った。

「今日この時、一里進めば一里の忠、二里進めば二里の義」と、名文句でアジりもした。途中で仆《たお》れてもいい、と絶叫したが、ついにこの席上、だれも動かない。

晋作は下関へ走って、力士隊をあずかっていた伊藤俊輔《いとうしゅんすけ》の同意を得、長府でも遊撃《ゆうげき》隊の高橋熊太郎《くまたろう》らが決起に同意した。高橋は水戸人、来島又兵衛《きじままたべえ》を煽《あお》って進発させた人物のひとりで、蛤《はまぐり》御門の生き残りで、死に場所を求めていた。

こうして元治元年十二月十五日、長府功山寺《こうざんじ》におけるわずか八十人の挙兵となる。

その勝利については、すでに述べた。

萩の上士の子弟からなる先鋒隊《せんぽう》（選鋒隊）は、元治二年の二月に入っても、なお抵抗の姿勢を捨てていなかった。これと鋭く対立する結果になったのが、鎮静会《ちんせい》である。

正月半ば、萩の武士たちのなかで、いわば中間的な日和見派《ひよりみ》といっていい人びとが集まって鎮静会と称した。政府軍の敗色が明確になると、これ以上反乱軍諸隊と戦いつづけることの非をとなえ、諸隊寄りの動きを示し、人数も二百人ほどになった。先鋒隊は激怒した。

二月十一日、なお山口にある諸隊陣営を、鎮静会の桜井三木三《さくらいみきぞう》ら四人が、敬親《たかちか》の意をふくんで訪れ、高杉らと懇談、その帰途、明木《あきらぎ》の権現原で先鋒隊士八人に襲撃された。三名は即死、江木清次《えぎきよつぐ》だけが重傷を負いながら逃げ帰り、同志に報告、大騒ぎになる。

鎮静会員数十人は、その夜のうちにいそいで萩城に入り、城門を閉ざした。城は彼らによっておさえられたかたちになった。先鋒隊が駆けつけて、中へ入れろと叫ぶが、もちろん応じない。やむなく先鋒隊は天樹院《てんじゆいん》に集結した。

萩城が、あわや流血の闘争の場となろうとしたのは、このときだけかもしれない。諸隊もふたたび前進を開始した。奇兵隊は松本口から東光寺《とうこう》に入った。毛利家《もうり》歴代の墓所のある、今日も大きな寺だ。松下村塾《しようかそんじゆく》からさらに山をのぼったところに位置しており、すぐそばが吉田松陰の生まれたところで、今日、彼や高杉・久《く》坂《さか》らの墓もある。ここに立てば、萩の町は一望のもと、その向こうに、萩城だ。

他の諸隊も、萩の町をとり囲んでいる。だれの目にもお城が見える。ちょうど二年まえまで軽輩だった山県狂介《やまがたきようすけ》は、いまは奇兵隊を率いて、田床山の中腹から、城を見おろしている。

二月十四日の深夜、椋梨藤太《むくなしとうた》たちは脱走した。十五日、癸亥《きがい》丸がふたたび萩湾から空砲を放ったが、事はすでに終わっていた。十六日から二十日にかけて、新政府員が定められ、十九日には敬親《たかちか》・定広《さだひろ》、そして長府と清末の二支藩の藩主も加えて城中大会議がひらかれた。

やがて薩長連合が結ばれ、第二次征長軍とのいわゆる四境戦争となるが、長州は勝った。幕軍は大兵をもって海陸の国境四か所から攻め入ろうとし、長州は四千の兵を各所に分散してこれを迎え撃ったのだが、小倉口では海陸の戦闘に高杉が指揮をとった。すでに肺結核が悪化しつつあった晋作は、戦中に喀血《かっけつ》、わずか千余の兵をもって小倉口二万の幕軍をうち破る大勝利ののち、十か月で死ぬ。

一度奪われた大島口も第二奇兵隊が回復し、芸州口は芸州藩が仲に入った。石州口は村田蔵六《むらたぞうろく》指揮で大勝利。けっきょく、萩城は、このときも、戦火にさらされることはなかった。

こののち、戦いの場は遠く萩を離れていく。戊辰《ぼしん》戦争にも諸隊はおおいに活躍したが、萩の町に硝煙《しょうえん》のにおいがとどくことはない。

明治二年（一八六九）一月、薩・長・土・肥の四藩主は連署して版籍奉還を奏請、六月には敬親が隠居して、跡を継いだばかりの元徳《もとのり》（定広）が山口藩知事となる。その秋、諸隊のうちから千五百を「精選」して常備軍とし、あとは除隊という名の首切りをする方針の作業がすすんでいるころ、まず遊撃隊が「精選」を拒否し、脱隊騒動に発展した。他の諸隊からただちに呼応があり、たちまちその数約二千。すなわち総勢の大半が脱隊し反乱したことになる。筆者の敬愛する史家田中彰氏の文章から引くと――

「おりから高まりつつあった農民の一揆《いっき》がこれと結びついた。『常備さわぐなさんしょ（山椒）が芽立つ、やがて四月は鯛《たい》（諸隊）が来る』と人びとは歌い、人心は反乱諸隊側に傾いて行った。

藩も新政府も、断乎《だんこ》たる弾圧に出た。それは新政府首脳の郷里、山口藩のこの諸隊反乱と一揆との結びつきから、全国的な内乱をよびおこし、まだ足もとの固まっていない新政府がおびやかされることをおそれたからである。

当時の民心は、薩長は徳川《とくがわ》氏におとり王政は幕政にしかず、と新政府を批判し、離反しつつあったのである」

萩城は、またもや震えあがる。が、こんども脱隊員たちは山口を脱するとおもに瀬戸内に走り、宮市・小郡《おごおり》などに砲台土塁を築いた。

明けて明治三年一月、反乱軍は山口藩庁を包囲、請願書を突きつけた。その内容には除隊後の生活の保障、多年の功労に対する報賞、死傷者、また不具になったものへの恩典、老年者の扶養の問題などがふくまれている。

脱隊兵の中心をなす遊撃隊・奇兵隊には、歴戦の兵士が多かった。彼らこそ崛《くっ》起《き》した草莽《そうもう》であり、革命戦争の戦士たちだったといえるだろう。しかし、対策に急遽《きゅうきょ》帰藩した桂小五郎《かつらこごろう》、いや、いまは明治新政府の高官、木戸孝允《きどたかよし》は、かつての同志、戦友である彼らに対し徹底的な武力弾圧の方針をとり、新編制の常備軍をして彼らを討たせた。反乱諸隊はつぎつぎに敗れ、二月十日、山口の包囲も解かれ、多数が捕えられた。

「新政府は西日本一帯に厳戒の令を下し、また宣撫《せんぶ》使を派遣した。九十三名の斬罪《ざんざい》・切腹を含む二二一名の処刑者のうち、四〇パーセントが農町民であったことは象徴的である。――この諸隊反乱と一揆の弾圧の上に維新は成立し、維新政府は聳立《しょうりつ》した」

(同前、田中彰氏)

脱隊暴動の余波もほとんど静まった明治四年三月、廃藩置県を間近にひかえて、萩城は三つの総門を解体した天下に率先して維新の範を示そうという理由で、天守閣もとりのぞかれた。

それ以前から主要殿舎を解体し、一部は山口に運んで新邸の用材にあてさせていた前藩主敬親は、同じ月の二十八日、山口藩庁の内殿で病死した。

かくて、萩城は消えた。

新政府の高官に成りあがったかつての志士たちは、あまり萩へ帰りたがらなかったという。ほとんど軽輩だった彼らには、あまりいい思い出がないのだろう。未練気もなくさっさと城をこわしてしまったのには、そんな関係もあるかもしれない。

佐賀城

青地　晨

あおち・しん

1909年〜1984年。ジャーナリスト、評論家で「世界評論」の初代編集長。「冤罪の恐怖」「反骨の系譜」など。

「化け猫騒動」の思い出

わたしは佐賀の生まれだが、まだ小学校へもあがらぬころ、親類のものに連れられて「佐賀の化け猫騒動」の芝居を見にいったことがある。子どものことだから、むろん芝居の筋はよくわからない。しかしいまでも鮮明に記憶に残っている場面がある。

美しく着飾った若い女が、長い舌を出してあんどんの油をぺろぺろとなめている。姿は人間であるが、障子にうつった影には大きな耳がぴんとはえていて、ひと目で化け猫だとわかる。この怪猫は殿様の奥方かなにかを喰《く》い殺して人間に化け、深夜になると寝所を抜け出し、夜な夜なあんどんの油をなめるのである。そのありさまを物かげからひそかにうかがっていた近習の侍《さむらい》が手槍《やり》をふるって怪猫と格闘する。深傷《ふかで》を負った怪猫は、ついに正体を現わし、障子を蹴《け》破って闇《やみ》のかなたへ逃げ失《う》せる。芝居の筋はわからぬながら、以上の場面だけはいまでもありありとおぼえている。よっぽど怖《こわ》かったに相違ない。

芝居小屋から家に帰るには、佐賀城の堀沿いの暗い道を通らねばならない。この堀は鍋島《なべしま》の居城である佐賀城を四方からとり囲む掘割で、城の西側を西堀端とよんだ。この西堀端には旧藩時代の武家屋敷が残っており、そのひとつに小森という家があった。黒塗りの門のかたわらに、大きな松の木が亭々《ていてい》とそびえている。

その小森邸の前を通りかかったとき、親類の若い男が、「おい、この松の根もとに化け猫の死体が埋めてあるぞ」と、わたしの肩をつついた。芝居に出てくる化け猫退治の侍は小森半兵衛とか半左衛門とかいい、その子孫が代々この屋敷に住んでいるということだった。しかしそれはあとから聞いた話で、怪猫の話を聞いたとたん、わたしはいちもくさんに逃げ出していた。芝居の怪猫が松の梢《こずえ》からららんらんと目を光らせ、わたしたちをにらみつけているように思われたからである。

わたしの家は、そこから半町ほどのところにあった。どこをどうやって走り抜け、家の門をくぐり、母のいる茶の間へ駆け込んだか、まったく記憶にはない。そのときわたしの顔は、血の気が失せて土気色だったそうだ。

この「鍋島の猫騒動」とか「佐賀の化け猫騒動」とかいわれる物語は、幕末のころ芝居や講談に仕組まれ、昭和に入ってからも、お盆の怪談映画の人気番組であった。鈴木澄子、入江たか子などの人気女優が鍋島の殿様の愛妾《しょう》、じつは口が耳まで裂けた怪猫に扮《ふん》して、観客の肝をひやした。鍋島の猫騒動はもちろん荒唐《こうとう》無稽《むけい》の物語には相違ないが、まったく根も葉もない話ではない。肥前《ひぜん》(佐賀・長崎県)の領主であった竜造寺《りゅうぞうじ》家が鍋島家に乗っ取られるまでの陰惨な内幕が、この怪猫譚《たん》に無気味な影をおとしているからである。そのことを語るまえに、「鍋島の猫騒動」がつくりあげられるまでの経緯を書いてみよう。

怪猫譚の誕生

怪猫映画の原型といってよいものはふたつある。ひとつは八代目市川団十郎の「花嵯峨猫又雙子《はなのさがねこまたぞうし》」で、もうひとつは講談師桃川如燕《じょえん》の「佐賀の夜桜鍋島《なべしま》猫騒動」である。まず芝居のほうから書くと、嘉永《かえい》六年（一八五三）、団十郎一座の座付作者、三代目瀬川如皐《じょさい》が原作を書きおろし、江戸猿若町の中村座で上演が決まっていた。その荒筋はこうである。

九州肥前《ひぜん》の領主直島大領尚繁は、主家竜造寺《りゅうぞうじ》を乗っ取るために、亡君の盲目の遺児高山検校《けんぎょう》を城内によび寄せて碁《ご》をいどむ。ところがささいなことで言いがかりをつけ、検校を手討ちにし、その首を新築中の御殿の壁に塗り込める。いっぽう、愛児のゆくえを案じた検校の母堂は、手飼いの老猫に愛児の探索を命じる。劫《こう》を経て尻尾《しっぽ》がふた股《また》になった老猫は、城中にしのび込み血のにおいを頼りに壁を喰《く》い破り、検校の生首をくわえて帰ってくる。愛児の非業《ひごう》な死を知った老母は半狂乱の態《てい》となって自害するが、愛猫に向かって「わが生き血を吸い、われにかわって直島に仇《あだ》をせよ」と命じる。老母の血を吸った老猫はみるみるうちに人間大の怪物となり、領主の愛妾《あいしょう》を喰い殺して愛妾になりすまし、夜な夜な領主を苦しめる。これに怪猫退治がからむわけだが、芝居の直島大領尚繁というのは、佐賀三十六万石の藩祖鍋島加賀守直茂《かがのかみなおしげ》のことであるが、鍋島家をはばかって直島ということにしたわけだ。

以上の台本をもとにして中村座は初日を前に大きな絵看板をあげた。この絵看板が鬼気迫るというか、なんとものすごいできばえであった。団十郎の扮《ふん》する鍋島の殿様が愛妾を擁して夜桜の酒宴をはっている。ところが桜の梢《こずえ》には半面まだらの怪猫がらんらんと眼を光らせ、桜の木かげには殺された高山検校の黒衣の亡霊がたたずんでいるという趣向で、中村座の前には、絵看板を見にくる野次馬がひきもきらず、たいへんな前評判であった。

その評判を聞いておどろいたのが鍋島藩である。さっそく中村座へ厳重な抗議を申し入れるとともに、藩の若侍《わかざむらい》たちが肩いからせて芝居小屋の前を練り歩く。このまま幕をあけたらどんな椿事《ちんじ》がもちあがらぬでもないというので、中村座は涙をのんで上演を中止することになった。ところが、よほどこの芝居に執着《しゅうちゃく》があったとみえ、それから九年たった元治《げんじ》元年(一八六四)、中村座は別の外題《げだい》をつけてこの芝居を上演したが、はたして大入り満員の盛況だったという。この年には蛤《はまぐり》御門の変や幕府の長州征伐があり、さすがに鍋島藩も化け猫芝居にかかわっている余裕はなかったもようである。

桃川如燕の講談「佐賀の夜桜鍋島猫騒動」がいつ、どこで初演されたかは明らかでない。このほうは直島などと遠慮をせず、殿様は鍋島丹後守《たんごのかみ》、殺されたのは竜造寺又七郎というふうに、実名に近い名を名のらせている。芝居と講談の影響力の大小ということもあるかもしれぬが、鍋島藩がこうるさいことを言わぬと見きわめをつけてから高座にかけたのかもしれない。とすれば芝居の上演以後の作ということになるだろう。

芝居と講談の筋は大本のところはほぼ同じだが、講談の舞台は江戸だけではなく佐賀にまで及んでいる。江戸の鍋島藩邸で殿様に仇をした怪猫は、佐賀へやってきて大暴れに暴れるだけではなく、数百匹の猫を家来に、存分に藩士たちを悩ませるが、最後には小森をはじめとする鍋島三勇士に討ち取られる。しかし鍋島の殿様は小森の願いを入れて宝満山《ほうまん》のふもとに猫塚《ねこづか》をつくり、猫の後生《ごしょう》を弔うという筋になっている。

もっとも宝満山という山も猫塚も佐賀地方には存在しない。講釈師の張り扇でたたき出されたつくりごとだが、怪猫じつは飼い主のため復讐《ふくしゅう》をした忠義な猫に対する庶民の同情が現われているのである。判官《ほうがん》びいきということばがあるように、いつの時代でも庶民は敗北者に肩入れするものなのだ。だが結末では化け猫は討たれ、鍋島家は安泰、めでたしめでたしということになっている。やはり作者は鍋島家や幕府にはばかって、四谷怪談のような結末は遠慮したのではあるまいか。

猫騒動の背景

天正《てんしょう》十二年（一五八四）三月二十四日、五州二島の太守とよばれた竜造寺隆信《りゅうぞうじたかのぶ》は、島津《しまづ》・有馬《ありま》の連合軍を攻め、衆寡《しゅうか》敵せず島原《しまばら》半島の沖田畷《おきたなわて》で戦死した。隆信が敗死しただけではなく、竜造寺方の部将の多くがこのとき討たれている。この大敗後、竜造寺は本拠の肥前《ひぜん》一国に後退し、島津や大友《おおとも》の勢力が西九州でのびることになる。

もちろん、その原因は剛勇な武将であった隆信の戦死にあるが、そのうえ嫡子《ちゃくし》の政家《まさいえ》は武将としても政治家としても、はるかに父に及ばない凡庸な人物であった。そのため実権はしだいに重臣の鍋島直茂《なべしまなおしげ》へ移っていった。直茂は隆信の信頼が厚かったばかりでなく、数々の戦陣で武名をあげ、島原へ出陣の際にも、敗戦を予想して隆信を諫《いさ》めたといわれている。そうした直茂に、隆信の遺臣たちの信望が集まったのは自然のなりゆきといえるかもしれない。

以上は主として鍋島家の古文書によるものだが、こうした文献は、えてして「時の勝者」の意向がかげをひくものだ。勝者につごうのわるい事実は抹殺《まっさつ》され、万事につけて勝者の支配を合理化するように書かれている。したがって竜造寺から鍋島への政権の交代は、鍋島家に保存された文書のとおりではあるまい。なまりに臭くドロドロしたものが抹殺されたことは十分に考えられる。そうした竜造寺一族の怨念《おんねん》が、「鍋島の猫騒動」という物語のなかに現われたといってよいだろう。それは荒唐無稽《こうとうむけい》の妖怪譚《ようかいたん》にはちがいないが、ある種の真実がまぎれ込んでいたといっても過言ではない。

歴史学者の池田史郎氏によると、佐賀県立図書館に「鍋島家文庫」が所蔵されており、そのなかに『肥前佐賀二尾実記』という江戸時代の写本があるそうだ。池田氏はこの『二尾実記』が後世の化け猫騒動の原型だろうと書いておられる。劫《こう》を経た老猫は尻尾《しっぽ》がふた股《また》にわかれており、そうした老猫は怪異をなすという古来の俗説がある。そこで『二尾実記』だとか、芝居の「猫又雙子《ぞうし》」の外題《げだい》となったのだろう。さて池田氏が紹介された『二尾実記』の内容は、つぎのとおりである。

「享保《きょうほう》十四年（一七二九）ころ、鍋島藩江戸屋敷の用人森平右衛門のかわいがっている真黒で、尻尾の先がふたつにわかれた猫が平右衛門の母親を喰《く》い殺して母親に化ける。そして詩歌の宴を催している殿様にとびかかったが、殿に眉間《みけん》を刀で斬《き》りつけられ、平右衛門の屋敷に逃げ帰って、母親に化けているが、ついに正体を見破られてゆくえをくらます。

ついで、舞台は江戸から佐賀に移る。江戸藩邸からつかわされた殿様の使者山崎重右衛門の肩に便乗して佐賀に赴いた黒猫は、殿の奥方を喰い殺してこれに化け、江戸から帰国した殿様を夜な夜な苦しめる。

そこで夜伽《よとぎ》のものや重臣たちが宿直をつとめて警戒するが、肝心なときには寝入ってしまって目的が果たせない。

ついに背丈六尺八寸（約二メートル）、百人力の伊藤惣太《そうた》という足軽《あしがる》が御先手の大沢内蔵進《くらのしん》や明王院の院主と協力して、刀の小柄《こづか》をみずからの膝《ひざ》に突き立てて、眠気を克服して奥方の正体を見破り、猫を殺して殿を救い、新地五百石を加増され、公用人、勘定方に抜擢《ばってき》される」

という筋書である。

以上が『肥前佐賀二尾実記』のあらましだが、これは怪猫が鍋島家にたたりをなしたというだけのことで、竜造寺一族との因縁はまったく出てこない。この単純な筋立ての怪猫譚に竜造寺から鍋島への権力交代をからませ、陰惨なお家騒動物語に仕立てあげたところに、芝居や講談の作者たちのくふうがあったわけである。

三十六万石を乗っ取る

竜造寺《りゅうぞうじ》から鍋島《なべしま》への政権交代は、どうもはっきりしない部分が少なくない。鍋島直茂《なおしげ》が武力を行使して竜造寺にとってかわったものなら、それはそれではっきりしているわけだが、じっさいはなし崩しの交代なのである。したがって権力交代のプロセスが陰にこもっているわけだ。

戦国乱世の世は、はっきりいって下剋上《げこくじょう》の時代だ。実力のあるものが、武力によって権力の地位につく。現に竜造寺隆信《たかのぶ》にしろ、主家の少弐《しょうに》を滅ぼして五州二島の太守となっている。その隆信の敗死がもっと早かったとしたら、鍋島は武力などの手段で竜造寺をたおしたことであろう。しかし隆信が戦死した天正《てんしょう》十二年(一五八四)には、すでに天下は統一の気運に向かっていた。信長《のぶなが》が天下統一の中途で殺されたのが天正十年、山崎の合戦で光秀《みつひで》を破った秀吉《ひでよし》が信長の後継者の地位をかためたのが天正十三年である。十五年には二十五万人の圧倒的な兵力を率いて秀吉は九州を平定、十八年には北条《ほうじょう》氏を滅ぼし名実ともに天下統一を完成した。

こうした統一に向かう急激な歴史の流れのなかでは、武力による権力の奪取はやりにくくなる。下剋上の時代は終わり、新しい秩序の確立へと急テンポで時代が動きつつあるからだ。統一をなし遂げた秀吉は、全国の大名に朱印状《しゆいんじよう》をあたえ、それぞれの領分を画定しようとした。これは武力によるほしいままの領地争奪はもはや許されないということだ。

この天正十八年に鍋島直茂は、三十五万七千石の本領安堵《あんど》の朱印状を秀吉からあたえられたと鍋島家文書に書いてあるが、朱印状の写しは残っていない。ところが同じ年に隆信の嫡孫《ちやくそん》である竜造寺高房《たかふさ》に、やはり本領安堵の朱印状が秀吉から出されている。同時にふたつの朱印状が出されるはずはないから、前者は鍋島家の立場を有利にするため、のちになって作為《さくい》されたと疑ってよい。また高房への朱印状によると、鍋島直茂は四万四千五百石を領する竜造寺家の重臣にとどまっており、高房は肥前《ひぜん》の太守としての地位を失ってはいない。しかし高房は当時わずか五歳の幼年で、実権は完全に直茂に移っていたと思われる。

機をみるに敏な直茂は、秀吉の九州征伐の際にはわざわざ上洛《じようらく》して秀吉に忠誠を誓い、その先陣をつとめることを申し出ている。直茂としては、主家竜造寺の重臣として先陣をつとめたのであるが、秀吉の目には実力者直茂の印象がつよく、竜造寺高房の父政家《まさいえ》の存在は眼中にはなかったにちがいない。

政家は天正十八年二月、五千石の隠居料を扶助《ふじょ》されて軍役免除となり、完全に政権の座から追い落とされた。政家が秀吉の不興を買ったことが推測されるが、具体的なことはわからない。さきにも述べたように同じ年、高房は本領安堵の御朱印状を下付されているが、これには父政家を隠居させるという条件がつけられていたのではあるまいか。

秀吉の朝鮮進攻の際には、直茂は一万二千の軍兵を率いて出陣し、李《り》王家の二王子を捕虜にする戦功をたてた。ところが政家は黒田孝高《くろだよしたか》に頼んでやっと出陣を許されたが、戦功らしいものはまったくなかった。以上のように竜造寺の影はいよいよ薄く、鍋島は事実上の肥前の太守の地位をかためたといってよい。もはや勝負はついたのである。

馬上の幽魂

竜造寺高房《りゅうぞうじたかふさ》は幼年のころから京都詰《づめ》の身であったが、関ヶ原の戦い後、徳川の天下になってからも江戸詰を命じられ、領地の肥前《ひぜん》にはもどらなかった。このへんにも直茂《なおしげ》の裏の動きが感じられぬでもないが、高房はなんとかして佐賀へ帰り、領主としての地位をかためたいと願った。そこで帰国の第一歩として側近の石井と久納を佐賀に派遣したが、このふたりも直茂に懐柔されてふたたび江戸へはもどらなかった。腹心の部下の裏切りに怒り心頭に発した高房は、行く末、鍋島《なべしま》の臣下となるよりはと夫人を刺殺し、みずからも切腹しようとした。しかし主治医に短刀をとりあげられて未遂に終わった。

その後、高房は江戸で悶々《もんもん》の日を送っていたが、その年の秋、毒魚をしたたか喰《く》らい、馬に乗り吐血して息絶えた。横死した高房の遺骨は佐賀へ送られたが、憤死後十日ほどを経て、佐賀城下の各所に白装束で馬にまたがった高房の亡霊が現われ、彼を裏切った石井と久納をまず血祭りにあげたが、ほかにも憑《たた》り殺されたり気絶したりするものが少なくなかったという。

高房の憤死は慶長《けいちょう》十二年（一六〇七）のことだが、その六年後の慶長十八年、幕府は鍋島直茂の子勝茂《かつしげ》に朱印状《しゅいんじょう》をあたえ、肥前国三十五万七千三十六石五斗九合の所領を安堵《あんど》した。その後、鍋島家は竜造寺一族にも禄《ろく》をあたえ、鍋島家へ臣従せしめたが、しかし竜造寺の姓は名のらせなかった。

以上で鍋島と竜造寺のトラブルはすべて落着したが、なお余燼《よじん》はくすぶっている。それから十余年を経た寛永《かんえい》十一年（一六三四）から三年間にわたって、高房の子伯庵《はくあん》が幕閣に竜造寺の再興を願い出たが、幕府の容《い》れるところとならず、伯庵は保科《ほしな》家へおあずけの身となった。この伯庵の再興運動後にも、竜造寺の没落をめぐる怪談がたえていない。竜造寺一族の菩提《ぼだい》寺の住職がささいなことで首を斬《き》られ、住職の亡魂が緋《ひ》の衣を着て佐賀城内に現われ、二代藩主光茂《みつしげ》の庶子十人をつぎつぎと憑り殺したという言い伝えがある。これらの怪談の数々は、政権の座から追い落とされた竜造寺一族や、その家臣たちの怨念《おんねん》がひととおりではなかったことを推測させる。

幕末につくられた「鍋島の猫騒動」は、お家乗っ取りにまつわるさまざまの怪異譚《たん》の集大成みたいなものだといってよい。たとえ怪談そのものは荒唐無稽《こうとうむけい》であっても、その底には陰湿で冷酷な権力政治の非人間性が隠されているのである。とはいえ、こうした政権の交代を演出した鍋島直茂の政治的手腕はなかなかのものので、じわじわと真綿で首を締めるように竜造寺一族を締めあげている。一歩、処理を誤ると幕府の干渉を招きかねないわけだから、慎重のうえにも慎重、ゆっくりと時間をかけてトラブルの鎮静をはかっているのである。それだけに竜造寺一族の反抗は、陰にこもったものにならざるをえなかった。数々の怪異譚が生まれたゆえんであろう。

島原の乱と『葉隠』

以上のように鍋島《なべしま》の藩祖直茂《なおしげ》は、歴戦の武将として武略にすぐれていただけではなく、政治的手腕もしたたかで、部下を統御する能力もすぐれていた。またそうでなくては乱世を生き抜き、徳川幕府のきびしい監視と統制のもとで、竜造寺《りゅうぞうじ》から鍋島への政権交代をたくみに演出することは不可能だったに相違ない。

さて肥前《ひぜん》佐賀藩は、藩祖の直茂から初代の勝茂《かつしげ》、さらに十一代の直大《なおひろ》まで揺ぎなくうけ継がれ、その間に大きな波乱はほとんどない。佐賀城の本格的な造営は初代勝茂によって行なわれたが、四代吉茂《よししげ》のときに焼失、再建された佐賀城は明治七年(一八七四)の江藤新平《えとうしんぺい》の反乱のとき攻防争奪のもととなったが、さいわい兵火にはかからなかった。しかし今日残っているのは、苔《こけ》むした城の石垣と弾痕《だんこん》の残る城門、城を囲む堀だけである。佐賀城の天守閣や本丸の建物はとりこわされて現在は跡をとどめない。

鍋島十二代の間に大きな変動はないと書いたが、かならずしも平坦な道だけ歩いたわけではなかった。初代の勝茂は関ヶ原の戦いで石田方に荷担したが、その後家康に謝罪して除封《じょほう》をまぬかれた。じっさいには関ヶ原に兵を出して戦ったわけではないから、幕府も大目にみたのであろう。しかし関ヶ原での負《お》い目回復のため、島原の乱では目ざましい戦いぶりをみせている。

寛永《かんえい》十五年（一六三八）正月元旦《がんたん》の原城総攻撃の際には、鍋島藩の戦死傷者は二千五百余名で、全死傷者の半数以上にのぼっている。この総攻撃では幕府軍の総指揮官の板倉重昌《いたくらしげまさ》が陣頭に立ち、敵弾にあたって落命した。功をいそいで無理な攻撃をかけたからだといわれている。佐賀藩の死傷がおびただしい数にのぼったのも、負い目をとり返すため無理な攻め方をしたからであろう。

原城の落城の際には、佐賀藩は本丸一番乗りの手柄をたてた。しかし、幕府の命を守らず抜けがけの城攻めをしたというかどで、藩主の勝茂は閉門を命じられている。しかし江戸市中では「有馬の城は強いようで弱い。鍋島殿がとんと落としゃった」という辻歌《つじ》がうたわれたそうだから、武名はあがったといってよい。幕府へは二万五千名と内輪に報告しておきながら、じっさいには三万余名を出兵した効果があがったのである。死傷者がおびただしかったのも当然といえるかもしれない。しかしこの戦いで、鍋島藩は関ヶ原の負い目をかえしたとはいえそうである。

佐賀藩について述べる場合、「鍋島論語《ろんご》」とよばれる『葉隠《はがくれ》』を落とすわけにはいかない。佐賀出身だとわかると、「葉隠武士の子孫というわけですか」と、からかい気味にいわれることがしばしばある。佐賀といえば、すぐに『葉隠』が念頭に浮かぶらしい。

『葉隠』は、二代藩主光茂《みつしげ》につかえた山本神右衛門《じんえもん》常朝《じょうちょう》が、主君の死後剃髪《ていはつ》して農村に閑居したが、彼を庵室《あんしつ》に訪ねた田代又左衛門陣基《またざえもんつらもと》という祐筆《ゆうひつ》が、その談話を筆記したものである。鍋島藩の伝統的な武士道精神の聞き書きというかたちをとってはいるが、じっさいには、山本常朝の強烈な武士道観につらぬかれたものだといってよい。

「釈迦《しやか》も孔子《こうし》も信玄《しんげん》も終《つい》には竜造寺、鍋島に被官懸《か》けられ候儀これなく候えば、当家の家風に叶《かな》い申さざる事に候」ということばにもみられるように、佐賀藩一辺倒で藩主への排他的な忠誠を強調したものである。しかし「武士道とは死ぬこととみつけたり」とか、「死ぬか生きるか迷うときは、ためらわず死ぬ」などのことばは、その徹底した死生観において、封建武士道の神髄を述べたものだといってよい。太平洋戦争のころ「葉隠ブーム」が全国におこったのは、死に直面した当時の若者たちが心のよりどころを『葉隠』に求めたからである。

だが佐賀に生まれ佐賀で育ったわたしの少年時代、『葉隠』についてはほとんど聞かされていない。戦争中の「葉隠ブーム」は、佐賀からではなく中央からおこったのである。だが栗原荒野とよぶ郷土史家の『葉隠』に関する精密な研究がなかったとしたら、『葉隠』があれほど世に知られることはなかったに相違ない。

佐賀藩とアームストロング砲

前にも書いたように、わたしの家は、佐賀城を囲む堀のほとりにあった。堀には一面に蓮《はす》が生い茂り、夏になると紅白の美しい花が堀を埋めた。堀の向こう岸は土手になっていて、大きな樟《くすのき》が数十本、鬱蒼《うっそう》と枝をひろげていた。太い幹はおとなが数十人手をつないでもかかえきれぬほどで、四月から五月にかけての樟の若葉の美しさは、紅白の蓮の花とともにいまもわたしの目の底にある。

わたしの家は鍋島《なべしま》藩の家老の邸《やしき》だったそうで、玄関は広い式台になっており、敷地も二千坪ほどあった。しかし屋根は藁《わら》ぶきで、付近の武家屋敷も瓦《かわら》屋根の家は一軒もなかった。わたしが佐賀を離れた昭和初年のころまで、目抜きの街の商家もほとんどが藁ぶきであった。また佐賀の多くの家では、朝は茶がゆに漬物《つけもの》と決まっていた。質素をとおりこして粗食に近かったといってよい。

藁ぶきと茶がゆに象徴される佐賀の風習は、鍋島直正《なおまさ》（閑叟《かんそう》と号す）時代の名残である。閑叟は幕末の名君のひとりだが、彼が十七歳で藩主となり、行列をととのえて佐賀へ向かったとき、品川に昼前に到着したが日暮れになっても出発ができなかった。近臣に問いただすと、藩士たちに掛け売りした商人たちが代金の請求に押し寄せ、動きがつかないことがわかった。閑叟は藩の財政の窮迫を知り落涙したと伝えられている。そこで帰国するなり「粗衣粗食令」を出し、四百人の藩役人の整理を断行した。この「粗衣粗食令」が藁ぶきの屋根と茶がゆの励行となったことはいうまでもない。

だが閑叟の政治は消極的な倹約令だけではなかった。文化《ぶんか》五年（一八〇八）、イギリス軍艦フェートン号が長崎港に侵入して乱暴をはたらいたが、長崎警備の任にある佐賀藩はこれを阻止することができなかった。以後、佐賀藩は洋式軍事力の強化に全力を傾注する。従来の青銅砲では欧米の軍艦に対抗できないことを知り、鋼鉄製大砲の鋳造のため反射炉の建設に着手、文久《ぶんきゅう》三年（一八六三）には世界でも最新鋭のアームストロング砲の製作に成功した。維新前にアームストロング砲をつくることができたのは、ひとり佐賀藩だけであった。またその二年後には、わが国最初の蒸気船の製造にも成功している。

アームストロング砲は彰義隊攻撃の際、いまの東大構内に据《す》えつけられ、下谷の谷間をこえて上野台に炸裂《さくれつ》、射程距離も命中精度も爆発力も、青銅砲とはおとなと子どもほどの違いだったそうだ。

維新後、佐賀出身の江藤新平《えとうしんぺい》・大隈重信《おおくましげのぶ》・副島種臣《そえじまたねおみ》・大木喬任《おおきたかとう》などが明治政府の参議《さんぎ》や大臣に列することができたのは、その才幹のゆえだけではなく、諸藩のうちでもっとも精鋭な兵器と訓練された洋式軍隊を佐賀藩がもっていたからである。薩摩《さつま》・長州・土佐《とさ》などは倒幕のため多くの血を流したが、鍋島閑叟が反幕に踏みきったのは鳥羽《とば》・伏見《ふしみ》の戦いで天下の大勢が決まったあとであった。

閑叟は妻が将軍家の娘であったこともあって、最後まで公武合体論から足を踏み出すことをしなかった。英明なことでは列侯に抜きん出ていたが、慎重すぎて決断にとぼしかったのであろう。しかし江藤や大隈が倒幕のため脱藩して捕えられたとき、閑叟は藩の重臣をおさえて彼らの命をたすけた。天下の大勢の見きわめはやはりついていたのである。

江藤新平と佐賀の乱

明治七年（一八七四）、征韓論《せいかんろん》に敗れて下野した江藤新平は、佐賀に帰って反乱の首領となった。このとき彼の頭に去来したものは、佐賀藩は明治維新に出おくれたということであった。そのため明治政府では、薩長勢力に頭をおさえられた。薩長の勢力に一撃をあたえ、勢力をそぐためにはなにをなすべきか、この一事がつねに江藤の頭から離れなかった。

司法卿《きょう》となったとき、陸軍の大御所山県有朋《やまがたありとも》と政商山城屋和助《やましろやわすけ》のスキャンダルをあばき、ついで大蔵畑の実力者井上馨《いのうえかおる》の私曲を江藤は摘発した。長州閥追い落としではあるが、それだけではないものがあった。権力を私有化し、私腹を肥やすやからに対するやみがたい公憤である。佐賀の不平士族と結んで兵を挙げたのは、明治維新のやり直し、つまり第二維新のさきがけは佐賀がやるのだという意識が江藤にあったとわたしはみている。

だが見方をかえると、佐賀の乱は大久保利通《おおくぼとしみち》による挑発《ちようはつ》だといってよい。大久保は各地の不平士族の反政府熱を各個撃破で打ち破ることをもくろんでいた。そのため腹心の岩村高俊《いわむらたかとし》を佐賀県令に任命し、岩村は熊本鎮台の兵を率い、有明湾《ありあけ》を横切って佐賀城へ入り、江藤らを挑発した。それまで江藤の決心は十分かたまっていなかったが、この挑発にのった江藤は憂国党の首領島義勇《しまよしたけ》と結び、二千五百の兵で佐賀城を攻め、二月十八日、佐賀城を落とし、県令岩村の軍を敗走させた。しかし反乱軍の勝利はこのときだけで、いちはやく兵備をととのえた政府軍のために敗北をかさねた。

大久保の鎮圧計画がいかに周到だったかは、つぎの日程表をみればわかる。憂国党の一部が小野組の支店を襲って金穀を略奪したのが二月一日、四日に大久保は熊本鎮台の兵を佐賀へ進発させた。二月十日に軍事・裁判の全権を大久保に委任するよう太政大臣《だじょう》を動かし、十七日には博多《はかた》に上陸した。当時の通信・輸送のテンポからみると、おどろくべき迅速《じんそく》さである。ことに江藤らの挙兵より一日早く博多に上陸、鎮圧態勢をととのえていることを見落としてはならない。戦いに敗れた江藤は、二十三日には早くも佐賀を脱出、再挙をはかるため鹿児島に西郷《さいごう》を訪ねて挙兵をことわられ、さらに土佐《とさ》で林有造《はやしゆうぞう》を訪《と》うたがここでもまたことわられ、三月十九日に捕えられた。同志と信じたものからつぎつぎと見放された江藤の胸中は、察してもあまりがある。

江藤新平の処刑

四月九日、大久保《おおくぼ》は佐賀で臨時裁判所をひらき、早くも十三日には江藤《えとう》・島のほか十一名を謀反《むほん》の罪で斬首《ざんしゅ》の刑に処したが、さらに江藤・島の首をさらしものとした。これは全国の反政府士族に対する示威だったにしろ、大久保の残酷非情な仕打ちには憤るものが少なくなかった。

西郷《さいごう》・木戸《きど》・大久保はいわゆる維新の三傑であるが、政治的手腕においては大久保がとびぬけてまさっている。だが三傑中でもっとも人気がないのも大久保である、その不人気の原因のひとつは、江藤らの処分にみられる冷血非情の性格がわざわいしたといってよい。大久保の日記を見ると、敗者である江藤につばを吐きかけるような文字が少なくない。どれほどすぐれた人物でも、このような非情の人間を日本人は好まない。

佐賀の乱では、当時まだ少年だったわたしの父も反乱軍方で戦っている。父は佐賀藩の足軽《あしがる》の出身で、戦闘に加わったといっても一兵卒にすぎなかったから処罰をまぬかれた。その後陸軍に入って将校となり、明治十年の西南戦争では早くも官軍の士官として従軍している。時世とはいえ、変わり身の早さにおどろく思いである。またわたしの大伯母《おおおば》は、同じく反乱軍に加担した夫の安危を気づかい、なぎなたを小脇《わき》に死者の面ていを改めて回ったという。「おかよさんは気丈者よ」と、親類の間でも評判であった。

佐賀城の城内に弾痕《だんこん》が残っているのは、明治七年の名残だが、わたしが通学した小学校は、この城門を右手に見て城の石垣に沿ってすこし歩いたところに位置していた。城門の中には本丸の古びた建物があり、別の小学校の講堂に転用されていたが、老朽のため間もなくとりこわされた。わたしたち小学生は、城の石垣をよじのぼって遊んだが、石垣には適当のすきまがあって、小学生にも楽々とのぼることができた。

学校の通学の途中、すこしわき道にそれると薄暗い杉林があり、そこに佐賀の乱の殉難者の慰霊碑があった。高い石垣の台座の上に大きな亀の石彫りがあり、青い自然石の碑がその上に建てられていた。この石の亀の首のあたりがなんとも薄気味がわるく、子ども心にも死者たちの怨念《おんねん》が迷っているような感じをうけた。ひとりではそこへ近づけなかったが、いまは市の中心部に移されている。

わたしの家の裏手には大隈重信《おおくましげのぶ》の墓のある龍泰寺《りゅうたい》という寺があり、その入口に江藤新平の直系の孫が住んでいた。庭におおいかぶさるように老松が茂り、薄暗くて陰気な家のたたずまいであった。新平の曾孫《そうそん》にあたる少年とわたしは仲がよかったが、小学校を出てまもなく夭折《ようせつ》した。

鍋島《なべしま》は侯爵《こうしゃく》に列せられ、ときどき佐賀へ帰ってくると、小中学生は小旗を持って出迎えに出た。内庫所とよばれる邸《やしき》が市の中心にあり、旧藩士のおもだったものが内庫所の旧藩主のもとに伺候《しこう》する習わしがあったが、戦後はこのような習慣はすたれたであろう。

クラシックリバイバル好評既刊

日本名城紀行 1

第1巻は森敦、藤沢周平、円地文子、杉浦明平、飯沢匡、永岡慶之助、奈良本辰也、北畠八穂、杉森久英の9名が個性豊かに描く日本各地の名城紀行。

日本名城紀行 2

第2巻は更科源蔵、三浦朱門、土橋治重、笹沢左保、陳舜臣、藤原審爾、江崎誠致、戸川幸夫、大城立裕の9名が個性豊かに描く日本各地の名城紀行。

P+D BOOKS ラインアップ

人間滅亡の唄　深沢七郎　●〝異彩〟の作家が「独自の生」を語るエッセイ集

アニの夢 私のイノチ　津島佑子　●中上健次の盟友が模索し続けた〝文学の可能性〟

冥府山水図・箱庭　三浦朱門　●〝第三の新人〟三浦朱門の代表的2篇を収録

虚構の家　曽野綾子　●〝家族の断絶〟を鮮やかに描いた筆者の問題作

幼児狩り・蟹　河野多恵子　●芥川賞受賞作「蟹」など初期短篇6作収録

ウホッホ探険隊　干刈あがた　●離婚を機に始まる家族の優しく切ない物語

P+D BOOKS ラインアップ

海市	福永武彦	●親友の妻に溺れる画家の退廃と絶望を描く
風土	福永武彦	●芸術家の苦悩を描いた著者の処女長編作
夜の三部作	福永武彦	●人間の〝暗黒意識〟を主題に描く三部作
夢見る少年の昼と夜	福永武彦	●〝ロマネスクな短篇〟14作を収録
加田伶太郎 作品集	福永武彦	●福永武彦〝加田伶太郎名〟珠玉の探偵小説集
廃市	福永武彦	●退廃的な田舎町で過ごす青年のひと夏を描く

P+D BOOKS ラインアップ

居酒屋兆治　山口　瞳　●高倉健主演映画原作。居酒屋に集う人間愛憎劇

血族　山口　瞳　●亡き母が隠し続けた私の「出生秘密」

家族　山口　瞳　●父の実像を凝視する『血族』の続編的長編

江分利満氏の優雅で華麗な生活
《江分利満氏》ベストセレクション　山口　瞳　●〝昭和サラリーマン〟を描いた名作アンソロジー

血涙十番勝負　山口　瞳　●将棋真剣勝負十番。将棋ファン必読の名著

続 血涙十番勝負　山口　瞳　●将棋真剣勝負十番の続編は何と〝角落ち〟

P+D BOOKS ラインアップ

夢の浮橋	倉橋由美子	●両親たちの夫婦交換遊戯を知った二人は…
城の中の城	倉橋由美子	●シリーズ第2弾は家庭内〝宗教戦争〟がテーマ
ソクラテスの妻	佐藤愛子	●若き妻と夫の哀歓を描く筆者初期作3篇収録
山中鹿之助	松本清張	●松本清張、幻の作品が初単行本化！
白と黒の革命	松本清張	●ホメイニ革命直後　緊迫のテヘランを描く
花筐	檀一雄	●大林監督が映画化、青春の記念碑作「花筐」

P+D BOOKS ラインアップ

虫喰仙次　色川武大　●戦後最後の「無頼派」、色川武大の傑作短篇集

小説 阿佐田哲也　色川武大　●虚実入り交じる「阿佐田哲也」の素顔に迫る

ぼうふら漂遊記　色川武大　●色川ワールド満載「世界の賭場巡り」旅行記

親友　川端康成　●川端文学「幻の少女小説」60年ぶりに復刊！

廻廊にて　辻邦生　●女流画家の生涯を通じ〝魂の内奥〟の旅を描く

夏の砦　辻邦生　●北欧で消息を絶った日本人女性の過去とは…

P+D BOOKS ラインアップ

眞晝の海への旅	辻 邦生	●暴風の中、帆船内で起こる恐るべき事件とは
鞍馬天狗 1 鶴見俊輔セレクション 角兵衛獅子	大佛次郎	●〝絶体絶命〟新選組に取り囲まれた鞍馬天狗
鞍馬天狗 2 鶴見俊輔セレクション 地獄の門・宗十郎頭巾	大佛次郎	●鞍馬天狗に同志斬りの嫌疑！ 裏切り者は誰だ！
鞍馬天狗 3 鶴見俊輔セレクション 新東京絵図	大佛次郎	●江戸から東京へ時代に翻弄される人々を描く
鞍馬天狗 4 鶴見俊輔セレクション 雁のたより	大佛次郎	●〝鉄砲鍛冶失踪〟の裏に潜む陰謀を探る天狗
鞍馬天狗 5 鶴見俊輔セレクション 地獄太平記	大佛次郎	●天狗が追う脱獄囚は横浜から神戸へ上海へ

（お断り）

本書は１９８９年に小学館より発刊された「日本名城紀行」シリーズを底本としております。
あきらかに間違いと思われるものについては訂正いたしましたが、
基本的には底本にしたがっております。
また、底本にある人種・身分・職業・身体等に関する表現で、現在からみれば、
不当、不適切と思われる箇所がありますが、著者に差別的意図のないこと、
時代背景と作品価値とを鑑み、原文のままにしております。

日本名城紀行 3

Classic Revival

2018年4月15日　初版第1刷発行

著者　井上ひさし、武田八洲満、杉本苑子
山本茂実、水上勉、村上元三
岡本好古、福田善之、青地晨

発行者　清水芳郎

発行所　株式会社　小学館
〒101-8001
東京都千代田区一ツ橋2-3-1
電話　編集　03-3230-9727
販売　03-5281-3555

印刷所　中央精版印刷株式会社

製本所　中央精版印刷株式会社

装丁　おおうちおさむ（ナノナノグラフィックス）

ISBN978-4-09-353105-4